# 落失男孩

[美]托马斯·沃尔夫(Thomas Wolfe) | 著

陈婉容 | 译

……光来了又走、走了又来，法院大楼的钟隆隆敲响下午三点的钟声，响彻这挤满青铜色的镇，四月的徐风轻轻拂过喷泉，吹出了片片虹彩——直至那羽状水柱复又潺潺搏动，直至格罗佛拐进了这座广场。他是个孩子，张着严肃的黑色双眸，脖子上有块暖褐色的莓形胎记。他一脸秀气，而且看起来太安静、太听话，太不像这个年纪的孩子该有的模样。早已磨坏的男童鞋、吊在及膝处的粗罗纹长筒袜、一边缝了三颗无用小纽扣的直筒五分裤、水手衫，再加他斜搁在乌黑头顶上，那又扁又塌的老旧制服帽，以及他侧背在肩上，一只经年且脏污的帆布袋（现在袋里空无一物，不过晚点就会装入平整簇新的午报）——这从头到脚充满亲和感的破旧行头都是格罗佛一手打理，自然能道出他的个性。他转身，沿着广场的北面徒步而行，并在这一瞬间瞧见了永恒与当下的接合。

光来了又走、走了又来，喷泉激泻而出的羽状水柱潺潺搏动，再让四月的徐风吹成广场上一片细如蛛丝的虹彩水雾。消防局的马匹以其僵硬的步子往地板跺响足音，态度漫不经心得很，那干净的粗尾巴也会配合甩个一两下。每隔十五分钟，路面电车便伴着刹车声打四面八方缓缓驶进广场，然后按照惯例暂停片刻，犹如装了8字形手扭的发条玩具。广场对面，报废车回收场的老马正努着劲儿拖着一辆板车，嘎哒嘎哒地穿过他父亲铺子前的鹅卵石路。下午三点了，法院大楼的钟即刻叩出庄严隆重的报时声，然后一切又是老样子。

他用那双安静的眼看着这盘形状恼人的哈吉斯[1]——这座广场是由一砖一石撞出的残破街景，是由风格迥异、互不搭调的各式建筑拼合而成的大杂烩，但他没有因此感到失落。因为，"这儿，"格罗佛心想，"这儿就是广场，广场一直是这个样子的——这儿有爸爸的铺子、消防局和市政厅、潺潺搏动着羽状水柱的喷泉，有来了又走、走了又来

---

1　haggis，一种传统的苏格兰菜，将羊杂、羊脂、洋葱、燕麦粉和各种调料塞入掏空的羊胃，然后扎紧，煮制而成。

的光，有嘎哒经过的旧板车、报废车回收场的老马，有每隔十五分钟便会驶进广场、然后就地暂停的路面电车，有五金行坐落在那头的街角，有五金行隔壁那设了塔楼、屋顶还筑了城垛、外观宛若古堡的图书馆。这儿有整排的旧式砖造楼房沿着街道这一侧林立，有路过的人和来来往往的车辆，有来了，然后发生变化，但始终会再出现的光，有来来往往，并在这座广场发生变化，却依旧会返回原样的一切——这儿，"格罗佛继续想着，"这儿就是永不改变、始终如一的广场。这儿就是一九〇四年的四月。这儿有法院大楼的钟和下午三点的钟声。这儿有侧背着送报袋的格罗佛。这儿有老格罗佛，快满十二岁的格罗佛——这儿就是恒久不变的广场，而格罗佛在这儿，他父亲的铺子在这儿，时间在这儿。"

因为在他眼里，这座二十年来始终维持着又是砖又是石，偶将时间和断裂的心血之作聚拢成堆的广场，即是他小小宇宙的小小中心。在他灵魂的图像里，这座广场即是地球的枢纽，是弥久不变的花岗岩岩核，是尽管人事来来去去，也仍守着永恒，永不改变的经常之地。

他走过街角的旧棚屋。这间木造房屋盖在容易失火的消防死角，是 S. 戈德博格卖法兰克福熏肉肠的摊子。然后他走过摊子隔壁辛格家的店。店里陈列着光洁闪亮的新机器，引人入胜的日历上展示出辛格家的厂房——有漆着令人心潮澎湃的红色的大型建筑物，有绿得让人难以置信的青草地；讨喜的载货火车由模型玩具一般的火车头领着，弯进玩具一般精致讲究的乡间，再绕过玩具一般完美的大水塔，如茵的绿地则在四面围绕。工厂前方有几座喷着水的喷泉，数条壮阔的林荫大道上，熠熠生辉的豪华马车络绎不绝。那些都是拉风的维多利亚马车，而拉车的马弓着颈子腾跃着，驭马的车夫头戴高帽，车上的窈窕淑女则打着阳伞。

多棒的地方，他光看就觉得高兴。那应该是新泽西，不然就是宾夕法尼亚或纽约。那是他未曾亲眼见过的地方。那个地方的绿草更绿、红砖更红，那个地方的载货火车、水塔、奔腾姿态傲然神气的马匹，以及总是保持对称，令人赏心悦目的一切——包括自然景物——在在胜过他亲眼见过的东西，在在让他起了美妙的好感。那儿就是北方。北方，出色，叫人心荡神驰的北方。北方有油绿的草地、赭红的谷仓、完美的房屋。北方有宜人的对称景观，就是载货火车和火车头也随时覆着一层鲜亮的新漆。只有北方的工人会穿上仿若军装般利落笔挺的蓝色工作服，只有北方的河川会映着蓝宝石的色泽，也只有北方处处是无瑕可击的美地。那儿就是北方，完美、卓然，洋溢着幸福并且充满对称之美的北方。而他父亲就自北方而来，所以他终有一天要到北方一探。他看向窗内，驻足了一会儿。那幅美丽丰奢、多彩缤纷的风景让他感到满满的抚慰与渴盼，一如既往。

他也看到那些光灿完好的缝纫机了。他看着那些机器，觉得挺漂亮，却没被激起一丝欢欣的感受。缝纫机让他心头一沉。这些机器让他回想起做家务时不绝于耳的忙碌低鸣，女人们缝纫时的嗡嗡声响。他想到那繁复的一针一织、神秘的式样与图案，还有记忆中女人们埋着头，手迅速车着布而脚配合踩着踏板，机器嗡嗡作响的景象。他知道这缝纫的世界有他永远琢磨不透的谜，而那些女人就在这个世界获取他永远无法参透的喜悦。那是女人们的活计。不知何故,这活计总叫他联想到百无聊赖和莫可名状的抑郁。当然,他在这一瞬间,还会感受到一阵剧烈的惊恐,因为他的黑色眸子老会追着那根上上下下迅速抽扎的针,却怎么也追不上针缝得飞快的动作。接下来,他便会忆及母亲有回告诉他,她的手指曾让针给车了过去的往事。每当他经过这个地方,这桩旧事就会浮现脑海,然后他会伸伸脖子,没多久就别过头去了。

他能看见苏雷什先生就在里头。苏雷什先生是这家店的经理,长得高高瘦瘦,不过孔武有力。他有浅棕色的头发、浅棕色的八字胡,还有一口马齿般的大牙。他上下腭的肌肉非常结实,这结实的肌肉也无时无刻不在运作。而只要他牵动上下腭的肌肉,嘴巴便会倏然一咧,连带让马齿般的大牙倏然暴露。苏雷什先生是张在满弓上的紧弦,做起事来总是又快又紧张,说起话来也是又快又紧张。但他晓得苏雷什先生很善良。他喜欢苏雷什先生。善良、急躁、结实、浅棕色,这就是苏雷什先生。

如今,他也看到格罗佛了,因此露出那口马齿般的大牙，但不到一秒又旋即闭上嘴，朝对方挥挥他有着浅棕色指节的手，然后掉头而去，仿佛那根弓上之弦又被拉紧了。格罗佛老在纳闷苏雷什先生究竟是怎么踏进这门女人们的生意的，不过，他接着便会瞧见辛格家厂房那片令人赞叹的景致，并将那片景致与苏雷什先生联想在一起。要不了多久，他就恢复了好心情。

他继续走，却不得不于隔壁的唱片行再次停下脚步。只要店里摆放着亮晶晶的好东西，他就得驻足观赏一番。他爱逛五金行，醉心于放满精密几何工具的橱窗。他爱看满是铁锤、锯子和刨木板的橱窗。他喜欢看到橱窗里都是坚固的新耙子、新锄头，那些连把手也尚未磨损，还是由上等白木木材制成，也加盖了制造商的戳记，而且盖得毫不马虎的新耙子、新锄头。他喜欢装满崭新用具的工具箱。他就爱看这些会出现在五金行橱窗里的东西，还会看得喜不自胜，心想总有一天，自己也要拥有这么一套工具。

他喜欢好闻的地方。他喜欢观察马车出租行，对里头的动静充满了好奇。他爱马车出租行铺着厚木板条的地板,那让马蹄踩得坑坑洼洼,还被压出了浆或蹈出了碎屑的厚木板条地板。他喜欢看马车出租行里的黑鬼照料马匹,喜欢看那些黑鬼用马梳刷净马毛,喜欢看那些黑鬼拍拍光洁的马屁股,再放声吼出照料马匹的黑鬼们那句地道的话:"嗬——还不给咱回来!"他喜欢看那些黑鬼为马卸下挽具,然后牵马跨出马车的车辕。他喜欢那些马走在木头地板上的姿态——有几分器宇轩昂,又有几分僵硬的走法。他也很欣赏那些马扬起骄盈的粗尾巴后,再任尾巴重重垂下的一派漫不经心。他喜欢这些人、事、物呈现在马车出租行那片厚木板条地板上的模样。

他也喜欢马车出租行隔壁的几间小小办公所。他喜欢这些脏兮兮的小小办公所那一扇扇沾满污垢的窗户、一架架铁打的小火炉,以及木板条地板、残破的小保险柜、一张张会嘎吱作响的椅子与其圆弧形的椅背,还有充斥其间的马味和挽具味、混着汗臭的皮革味、马车出租行员工的体味。这群人面色红润、容光焕发,套着皮制的绑腿,操着粗言秽语,不时爆出中气十足的浑厚笑声。

这一切都非常吸引他。

他不喜欢银行的外观，也不喜欢房地产或火险公司办公室的样貌。他喜欢药房和药房特有的刺鼻、干净的怀旧气味，他喜欢药房橱窗里放着盛满有色液体的大罐子，还有那上下浮动的白色球体。他不喜欢药房橱窗里满是成药和热水袋，因为这些东西总叫他提不起劲。他喜欢理发厅、烟草铺，可他不喜欢殡仪馆的橱窗。他不喜欢里头的卷盖式书桌，也不喜欢挂在卷盖式书桌上方的开业证书，或是室内的盆栽、耷拉的蕨类植物。他不喜欢殡仪馆橱窗后面那一团漆黑的空间。他不喜欢殡仪馆，所以绝不会在殡仪馆的门前停留一时半刻。

他也不喜欢棺柩的模样，即便棺柩看上去多么高雅气派。不过他喜欢钢琴，虽然钢琴多少会让他联想到棺柩。他不喜欢棺柩闻起来的气味，但不知怎的，他却喜欢大钢琴的气味。那气味让他想起自己的家，想起起居室那闭塞且有点腐败的气味，而他喜欢这气味。那气味令他想起起居室和铺在起居室里的地毯，那每个早晨都会被仔细清理一番，业已褪色的褐色厚地毯。他也会因此想到那盏玻璃吊灯，想到上头那些雕花玻璃，那些晶亮又小巧的垂饰，想到那些垂饰经人一碰，便会闪动光芒、当当作响的样子。

那气味叫他思及放在起居室的壁炉架上，用玻璃罩住的蜡制水果。那气味叫他思及用老黑木做成的谱架，叫他思及那张纹理分明的大理石桌，大理石桌的桌面还是他父亲亲手切的。那气味叫他思及那本庞大无比又笨重无比，以致他无力拾起的《圣经》，也叫他思及加了金属扣环的肥胖大相簿。这本相簿里存放着用银版摄影法洗出的他父亲幼时的照片、他一家兄弟姐妹和亲友们的照片——每个人双颊都泛着一抹淡粉的照片。

那气味还会让他想起立体镜，想起他百看不厌的图片——那些他在安静的午后独处时，就爱用立体镜一看再看的盖茨堡、神学院山脊和魔鬼窟的所有图片，那满满一片以灰色和蓝色向四方铺展开来的图片。

最后，那气味会让他想起起居室里的大钢琴，想起那架大钢琴亮晃晃的平面和弧面，想起那架大钢琴棺柩一般瑰丽的外形，还有大钢琴散发出的浓郁香气。那气味会让他想起自己在懂事之前——如今他大了，是不会做出这般幼稚的举动的——好爱爬到那架大钢琴下，然后坐在地毯上用力吸取这股浓郁的香气，并且思索着、咀嚼着、接收着这当中令人激越的孤寂、与世隔绝却又独霸一方的感受，一种诡谲而晦暗的抚慰感受——他不解自己为何就爱这么做。

所以他总会停在这间卖唱片和钢琴的店门口。这间店棒极了。有只小白狗蹲坐在橱窗里，头斜斜歪向一边。小白狗就这么一动也不动，从不出声吠叫，始终专注聆听自漏斗一般大开的喇叭口传出的"主人的声音"——那喇叭永远安安静静，那声音总是缄默。店里有好多架外观华美而晶亮的大钢琴，营造出一种富丽堂皇、充裕丰足的氛围。而马卡姆先生就站在店内一侧的柜台之后。

他也喜欢马卡姆先生。马卡姆先生短小精悍，浑身上下无不展现出利落爽快的气质。他有一小撮修得利落的灰白短髭，头发也渐渐灰白了，不过他任其浓密，任其茂盛。但不知怎的，就连他的头发也有一种短而利落的风骨,好似每根头发都要利落爽快地朝天一竖。马卡姆先生的脸和五官也都是利落爽快的,小小的,还非常精致。他是个北方佬,说起话来就是一副北方佬的调调——字字干脆,简洁利落,句句明快而果决。顾客上门时,他会站在柜台的后方,将手指拱成一座座立在柜台上的桥,并将头爽快地歪向一边——就用这副架势倾听对方的需要。然后,当顾客把该说的都说了,他便会如鸟一般迅速、利落地点个头,再专业地答上一声:"嗯哼!"差不多就是牙医让你起身吐口水时,会说的那声"嗯哼"。接着,他便迅速、利落地去帮顾客拿他所找的曲子。

他对事似乎向来是清清楚楚的。如果店里有顾客说的那首曲子,他会立刻反应过来,也会马上知道该往哪边找去。他当场就会迅速、利落地走向那首曲子所在的确切位置。而要是店里没有那首曲子,他也会同样迅速地摇摇头,然后面露亲切的微笑,以爽快的口吻略表遗憾地说:"抱歉,店里没有。"这就是马卡姆先生的行事风格——利落爽快而明确。他是个滑稽的矮个儿,但他会逗格罗佛开心,让他"咯咯咯"笑个不停。格罗佛很喜欢马卡姆先生。他喜欢停下脚步瞧瞧他,看他听顾客说话时,那副将手指拱成一座座的桥,让头像鸟儿一般转动的模样。

再隔壁则是盖瑞特先生的杂货店,而格罗佛也得在此逗留一番。这是个好地方,一间又好又宽敞的店,卖场从街道这一侧向后打通到另一条街,店里盈满了各种香气。店内左手边有只大型的糖渍黄瓜桶,再往里走还有一个更大的桶子,那是用来装小茴香腌菜的。柜台右半边的台面上永远有块重量级黄色圆形奶酪,旁边还搁着一大块从这圆形奶酪齐整切出的V形奶酪。这块三角形奶酪旁有台咖啡磨豆机,磨豆机隔壁放了磅秤。柜台后方有贮放咖啡、粗玉米粉和米的带盖大箱子,每个大箱子上都有勺状凹槽方便抽拉。杂货店的左右两侧立着高至天花板的置物架,架上安置着多到令人瞠目结舌的商品,包括果酱和蜜饯、罐装调味酱和酱菜、西红柿酱、沙丁鱼、罐装鲑鱼、罐装西红柿、玉米配豌豆、猪肉配菜豆,包括任何人这辈子会想一尝的东西,包括任何人这辈子尚未尝过的东西,包括任何人从没料到会有的东西、从没买过的东西。足够了——格罗佛心想——足够养活一整座城市的人了。光是这里的一切，在他看来，就能喂饱镇上的每一张嘴。

杂货店后面的区域则积存一袋袋用麻袋装好的面粉，以及一块块堆叠起来，活像一大垛木材的猪背脂膘。

卖场的尽头，便是几扇又高又窄，看上去不大干净，加装了防盗铁条的窗户。这几扇窗让他想到美国本地商店的后场，那用砖块砌出的毛坯平面，可供装卸货物的平台，让他想到在美国这儿，样貌始终如一的那些东西——在美国这儿，依然承袭旧日建筑式样的那类楼房。不知怎的，这些空间总富有南北战争的气息，就像谢尔曼将军率领麾下的骑兵大举进占亚特兰大时，一些在轨道上跑的运货车厢、少部分的车站、装了烟囱嘴的火车头。然后，当那些士兵一拥而上，就会经过这类用砖块砌成的，朴素到简直堪称粗陋的老楼房——前头挂了写着"J. 威尔森，印刷店"或只有"杂货"二字的招牌，而加装铁条的旧式窄长形窗户的背后，就是可供上下货的平台和红色的陶土。这等景象总让这个男孩感到些许凄凉、些许幸福。大概是季节和光线的问题。因为光来了又走、走了又来——只要光线对了，即便砌合的砖和空无一物的地方也别有逸趣。这是个难以说清的问题，更非一个不到十二岁的男孩可以说清的问题。就推说这就是美国，就是南方吧；如一己的血肉般亲昵——亲昵如三月刺骨的寒风——如发疼的喉咙或鼻水直流的鼻子——那泥沼似的红色陶土，那片荒凉——或是四月，四月，以及荒野之美——就推说事情原本就是这个样子的——原始、砌合、凄凉、美丽、诗情画意、极富惊奇——就推说这是个难以说清的问题——美国、老旧的砌合的砖、杂货铺子，和四月——和南方。

而在这些事理之上、之内、之外，那无物不侵，直至似乎已全然渗进了柜台上的所有木料，直至似乎已被完整包覆，已为铺在地上的每一块木板条增添了风味——那独一无二、纷繁复杂、无所不包、暧昧难述，却又沁人心脾的万种气味——那是无法被言说的气味，因为这世上没有能形容这种气味的字眼。那是无法被描摹的气味,因为天底下没有能道尽这种气味的语言。那是我们永远无法命名的气味,因为没有一个人找得到与其相符的名称。只能说这气味掺杂了黄色奶酪那不可撼动的浓烈香气,还有糖渍黄瓜桶、小茴香、新磨的咖啡粉和茶叶的气味。这气味包含了培根那猪背脂膘的气味、干腌的乡村火腿味、乡村牛油和牛奶的气味。从这气味能闻出所有好东西的气味,一种前所未有、鲜美多汁的气味,一种由诸多物料飘散出来,由各种具有识别性的气味互相交杂、混合,继而融汇成令人颠倒的香氛,层次丰富的万种气味,无法为之命名的万种气味。

因为这万种气味不仅藏着记忆中有名有实的千百之物,更兼容了千百之物各自展显出的独特个性,大有文章。不仅如此,那绝不只是气味而已——还充盈着能勾起联想的魔法,引人遐思的魅力。他不知道自己究竟是从何判别的,他只晓得这其中确实存在着印度和巴西的气味,也有黝黑南方和金色、充满未知的西部的气味,有伟大而美轮美奂的北方的气味,有英格兰的气味、法国的气味,有滚滚江水和广袤农园的气味,有鲜为人知的民族、陌生语言的气味。这万种气味含括了未经探索之地的所有绚丽,人迹未至之处的所有壮阔,以及所有的神秘,所有的美,这块无疆之土所有的宏伟——正如树立在一个孩子引以为豪且炽烈的想象世界中的那些光辉形象的气味。

现在,他必须停下脚步观看一阵了,他无法就这么走过。那感觉就像途经阿拉伯半岛。杂货店前停了一匹马和一辆四轮运货马车。那是匹灰毛老马,因身上负载的重量而憔悴地垂着头。老马隔三岔五会抬起如柴的后肢,往街面使劲刨了又刨。他熟知这匹老马,每每见着老马,便会忆起那段令他愉快的情景——那是关于夏日,关于骤雨的记忆。他曾在这样的天走过广场。那个时候,天气好热。那个时候,云会蓦然聚拢。云会"集合"起来,真的,带着硫黄的气味与电击的威吓集合起来……现在,整片天空正在酝酿一场风暴。光紫了,云则聚集在雷顶。接着,闪电倏然落下,狂风轰然刮起。

霎时间,暴风挟着如注的大雨疾扫而来。他从未见过这样的风雨。大雨哗啦打在人们身上,仿佛整条密西西比河自天空迸裂开来。雨来得好快，下得滂沱。顷刻之间，整座广场已空无一人，荒凉得宛若一处古城的遗址。这雨嘶嘶打落，街边的排水沟冒起水泡，人行道就如大开的水闸奔流着水，排水沟口也开始嗝出湍急的洪流。格罗佛赶紧躲进杂货店。他望着外头那片倾盆大雨，那座荒无人烟的广场。暴风雨潇潇飒飒，他登时感到一阵欣喜。

如今广场上只剩杂货店那辆四轮运货马车，还有那匹老灰马。狂风袭击着马车，像扫纸片一般吹掀马车的车顶。倾泻的暴雨打在老马身上，逼得老马低下了头。雨水疾速打下，滴滴重击着老马的侧腹。雨嘶嘶地下，淌过老马瘦削背部那条长长的脊线。老马羸弱的肋部被雨浇出了烟，干瘦臀部的髋关节也让雨给泼湿了，而老马只是耐着性子垂着头。接着，大水向下漫溢。大水洸洸，澎湃地冲过广场。水撕扯着遮棚，又仿佛一团崩落的雪块径直砸向楼房，直至广场泛滥成一片湖泽。

接着，几乎就像来时那般仓促，这场暴风雨戛然而止。光再度穿进了广场，将先前的漆黑一扫而空。沟渠和排水沟哗哗作响，沟内流水汩汩不止。那匹老马依旧站在原地，浑身都湿透了，可看上去疲态尽显的它，却似乎带着感激涕零的神情。它扬起老迈的头和长长的灰颈子，然后——就在弹指之间——僵硬地挪动身躯，并抬起马蹄往街面刨了又刨。

而格罗佛就站在那儿看，将一切尽收眼底。不知怎的，眼前的一切让他觉得好惊讶、好神奇，又好高兴。他忘不了那片漆黑且充斥着硫黄味的天，那包孕着电击的顶天之云，那晦暗不明、深沉诡秘的光。他忘不了等待之时，自己五脏六腑内那股类似麻痹的感觉，以及即将成形的狂喜之情。

接着便是这场惊心动魄、轰隆大作的暴风雨：有狂号的风，有怒啸的雨。还有低垂着头迎风接雨的老马。它那副姿态就像历经时间洗练的老岩。他无法忘怀。日后，无论何时，他会看见或想着这匹老灰马，他会记得时间、那神奇的光、在那已逝夏日从天而降的神奇暴风雨、那狂野且原始的喜悦，以及所有的气味、漆黑，和人们躲在杂货店里等待的情景。

而现在，他又看见这匹马，因此回想到这段过往，也因此以那深沉又无以名之的狂喜心情窥看这间杂货店，一如这间杂货店向来带给他的感受。他深深吸进一口杂货店的气味，让肺在这四溢的芳醇气味里浸润迷醉。他怀着渴望、欣喜、难解的惊讶和好心情、钟爱之情看着杂货店。杂货店里的盖瑞特先生和其他店员总能唤醒这份沉淀在他心中的好心情与钟爱之情，他也不晓得为什么。这或许就是他们的膏油——他们与顾客说话时，一场类似以油膏之的仪式；一种藏在这些人的语调中，导致他们油嘴滑舌的膏油——仿佛有块牛油在他们舌上久久不化。他们说起话来是多么老练，多么油滑，多么叫人信服。

就在他观看之时，店里的电话响了，盖瑞特先生接起客人打来订货的电话。他拾起钩上的话筒，同时摘下夹在耳际的铅笔，动作十分娴熟。他开始在便条纸上记下对方要订的品项。盖瑞特先生约莫四十五六岁，留着一颗梳得毫不紊乱的中分头。这一点总让格罗佛忍俊不禁——那发型跟盖瑞特先生真的好搭。他穿着长长的白围裙，两只袖口卷至手肘处。盖瑞特先生讲电话时，那短浅额头上的抬头纹便会忸怩地往上一挑——哦，对了，从盖瑞特先生说话的语调听来，他舌上就有块久久不化的牛油。"是的，夫人，是，夫人……哦，是是，当然，贾维斯太太……是是是，当然。哦，这些东西质量很好。非常之好，没错……是的，夫人。今早才进的……是的，夫人。鸡蛋两打……牛油两磅。是，夫人，哦，味道非常之好。半打罐装西红柿……是的，夫人，是，夫人。哦，是一等一的高级货……哦哦，当然啦，当然。我们这儿只提供最高档的商品。早餐用培根一磅。是的，夫人……"接着，他便会祭出那油嘴滑舌的说服本领，轻声细语地道，"还有咖啡……您想要哪种价格的咖啡呢，贾维斯太太？……本店有种特调的豆子，这礼拜刚好在做促销，欸，比其他豆子便宜个两分钱，但我强烈推荐您试试这款口味……"他就如此这般顺着贾维斯太太的意阿谀奉承、卖弄口舌，仿佛有块牛油在他舌上久久不化，直到店里的存货全被他点名了一遍——纯粹因为每件商品都好到让他欣然颂赞——直到旁人光听他说咖啡、论牛油、评个一磅的培根，都能听得口水直流。

"好一口油嘴滑舌。"格罗佛思忖到,他那沉静的脸庞也映上一抹短暂的浅笑。"是的,我们进了一些不错的西红柿——我们也进了一些又好又新鲜的马铃薯——洋葱也是又好又新鲜——您考虑来点又好又新鲜的烤玉米,来点又好又新鲜的玉米棒吗?或是来点又好又新鲜的……要不要来点又好又新鲜的……"——接着,他想到——"哦,是的,夫人——又好又新鲜,全都是又好又新鲜的呀我们这儿!"然后,格罗佛迈开了脚步。

而现在,没错,他被什么东西给迷住、吸引住,他又裹足不前了。一阵暖乎乎的巧克力香和着空气扑鼻而来。他试图走过这间八英尺窄铺的白色门面,却得再度驻足,再度天人交战一番。他没有办法前进。这是老克罗克夫妇经营的小糖果店,而格罗佛无法就这么走过。

"克罗克夫妇那两个小气鬼!"他暗自鄙视他们。"我再也不会踏进他们的店了。夫妻俩小气得要命,到了晚上还要把时钟给停掉。但我——"此时,他又闻到煮巧克力那叫人癫狂的暖乎乎气味和浓郁的香气。"我就瞧瞧他们的橱窗,看看里头的货色吧。"他停留一会儿,用那双安静的黑眼睛窥看这间小糖果店的橱窗。橱窗里整整齐齐贴着贴纸,而且纤尘不染,还摆满一盘盘刚做好的糖果。他的目光停在一只盛了巧克力糖的托盘上。格罗佛下意识舔了舔嘴唇。把一颗托盘里的巧克力糖放在舌头上,这糖就会立刻化开,就跟蜂蜜露一样……一会儿后,他看向那些盛满自制香浓牛奶软糖的托盘。他热切地凝望巧克力牛奶软糖那深色的糖身,若有所思地看着枫糖核桃,再用较为苛刻,却也不乏渴求的眼神盯着那些薄荷糖、牛轧糖,以及其他所有精致的小点心。

"克罗克夫妇那两个小气鬼!"格罗佛又咕哝了一遍,并掉头准备离开,"我绝不会再进去了。"

但是,但是,他却没有掉头就走。克罗克夫妇或许真是两个小气鬼,可他们做出来的糖果的确是镇上最好吃的——事实上,那就是他尝过最美妙的滋味。

他转过身来,从橱窗外窥看这间小小的糖果店,也发现了克罗克太太的身影。稍早之前,有位顾客上门,如今已挑好要买的糖果,而当格罗佛望向店内，也望见克罗克太太正舞着鹡鸰般的小手，板着鹡鸰般的小脸，瘪着拘谨的唇——她的五官都非常枯瘦——弯身端详着磅秤。她干净而瘦削的手指掐着一块糖。在格罗佛看来，那应该是块核桃枫糖牛奶软糖。他看着她用那瘦削的小手一板一眼地掰断这块牛奶软糖。她将其中一小块糖放在磅秤上。磅秤旋即往下压，克罗克太太惊得薄唇一紧。于是她再次用瘦削的手指掐起磅秤上的一块牛奶软糖，也再次睁大了眼仔仔细细地掰断它。而这一次，磅秤微微晃动了几下，先是极其缓慢地往下掉，后来又升了上来。克罗克太太将那块掰下来的牛奶软糖小心翼翼地放回托盘里，接着便把磅秤上的糖果全数装进纸袋，然后折好袋口，把纸袋交给客人，再谨慎算好钱，将这笔钱按单位收进放钱的抽屉，一分币放这堆，五分币则放另一堆。

格罗佛站在原处轻蔑地瞧着。"克罗克太太这个小气鬼——连点渣渣屑屑都要计较！"

他再冷冷哼了一声，又一次打算掉头走人。但就在这个时候，又有一件事吸引了他的目光。就在他转身要走之际，克罗克先生正好步出这小小隔间后部他们专门制作糖果的小房间，而那双瘦成皮包骨的手还捧着一盘刚做好的糖果。老克罗克沿着柜台左摇右晃地荡向前头，然后放下托盘。他走起路来真是一副左摇右晃的模样。他是个瘸子。他的个头和他太太一样如鹡鸰般干瘪瘦小，有着单薄的唇，脸也瘦巴巴的。他有条腿比另一条短了几英寸，而这条较短的腿就踩着一只好大的厚底靴。那靴子下添了一具类似摇椅弧形弯脚的木制装置，少说也有六英寸高。他就靠这只厚底靴弥补自己残疾右腿的不足。克罗克先生踩着这具木制摇篮摇摇晃晃地前进——若要描述他走路的模样，就只能这么形容了。克罗克先生是个骨感矮个儿，有着如柴的手和枯瘦的五官，而当他走起路来，真的是摇晃着腿前进的，脸上还会挂着一丝拘谨又惶恐的微笑，仿佛担心自己会有什么损失似的。

"小气鬼克罗克！"格罗佛嘀咕着，"哼！他什么都不会给你的，什么都不会！"

然而，他依旧没有离开。他流连不去，好奇地站在橱窗外用那双安静的黑眼睛紧紧盯着店里的一切。他那张黝黑而秀气的脸庞显得专注且坚决，流露着既机警又好奇的表情,鼻子甚至贴上了窗玻璃。他不自觉地用旧鞋子那磨损破烂的足尖部搔搔另一条腿上的粗罗纹长筒袜。他早就闻到刚做好的牛奶软糖那股新鲜、温暖的香气了。那香气叫人垂涎,还让人有点把持不住。他在有意无意之间掏起裤子一边的口袋——他那双眼仍看着店里,鼻子也仍贴着眼前的窗玻璃——然后掏出破烂不堪的黑色钱包。他转开钱包上的扭环,开始在钱包里寻寻觅觅。

结果并不如他的意。他只看到一枚五分币、两枚一分币,还有——他都忘了有这些玩意儿!——邮票。他拿出邮票,摊开一看。两分钱的邮票有五张、一分钱的八张,都是他一两个礼拜前帮药剂师里德先生跑腿,赚来总值一块六十分的邮票所剩下的。

"克罗克那个老家伙……"格罗佛边想,边闷闷不乐地看着那副怪模怪样的瘦小身躯再次左摇右晃地荡回店里,然后绕过柜台,荡进另一头。

"好吧——"他又看向手里的邮票,看了良久。"我其他邮票都被他收走了,剩下的这几张也给他算了。"

经过这般轻蔑一想,他心里也舒坦了些,便推开糖果店的门走了进去,然后整个人杵在玻璃柜前看着里头一盘又一盘的糖果。片刻之后,他决定了。他用有点肮脏的手指比了比那盘刚做好的巧克力牛奶软糖,开口说:"我要买十五分钱的这个,克罗克先生。"

然后,他稍停一会儿,努力掩饰自己的尴尬。而当他抬起那张黝黑的面容,就低声说道:"不好意思,这次我还是得用邮票来抵。"

克罗克先生没搭腔。他一双眼也没瞧着格罗佛。他紧闭着唇,不苟言笑。他摇摇晃晃地走掉,拿了把糖果勺再左摇右晃地荡回来,然后滑开玻璃柜的拉门,将里头的牛奶软糖放进勺子,再摇摇晃晃地荡向磅秤,开始为勺子里的软糖称重。格罗佛一语不发地看着他。他看着克罗克先生眯起眼睛仔细地瞧,看着他噘起了嘴又紧紧抿起嘴,看着他拿起其中一块牛奶软糖,将这块软糖一分为二。然后,老克罗克再将这两块软糖各自一分为二。他重新称重,接着又眯起眼睛,接着又是一副举棋不定的样子,搞到后来格罗佛都觉得自己叫克罗克太太小气鬼实在是有欠公允。与她这位抠门的老伴相比——男孩心想——她真是富贵有余的活菩萨，积玉堆金的大神仙。不过，令他大感欣慰的是，这劳神费力的活计总算办妥了。磅秤就悬在那儿，就悬在一条极其细微，随时可能失守的平衡线上，战战兢兢地微颤着，仿佛磅秤也担心老克罗克再那么一碰，这称重的活计就要没完没了了。

克罗克先生取走磅秤上的软糖，将糖扔进了纸袋。他沿着柜台左摇右晃地荡向男孩，冷冷地说："邮票呢？"格罗佛遂将邮票交到他手上。克罗克先生松开像爪子一样掐着纸袋的手，将纸袋安放在柜台上。格罗佛拿起纸袋，把这包糖投进自己的帆布袋。然后，他想起了这件事："克罗克先生……"他又感知到先前那种近乎强烈痛楚的尴尬，"我给你太多邮票了……"格罗佛说，"那些邮票加起来有十八分。你……你把三张一分钱的邮票退还给我就好了。"

克罗克先生没回话。他正忙着用那瘦削的小手摊开邮票，让邮票平铺在玻璃柜的台面上。等他摊平邮票了，就用锐利的眼神严厉审视那些邮票一番。

他探出细瘦的脖子，眼睛上上下下扫视着，好像要将一排排数字全都加起来的会计。

检查完毕之后，他连看都不看格罗佛一眼，毫不客气地说："我不喜欢这么做生意。你想吃糖，就该用钱来买。我经营的不是邮票买卖，这儿也不是邮局。我不喜欢这么做生意。下次你要进我店里买东西，就一定得用钱买。"

滚烫的愤怒在格罗佛喉间暴涨。他原本茶青色的脸庞布满了愤怒的颜色。他沥青似的眼眸变得墨黑而澄亮。那些滚烫的气话径自浮上他的嘴边，有那么一时半刻，他差点儿就要说出："那你先前又为什么要收走我的邮票？我的邮票全都被你拿走了，你现在才告诉我你根本不想要那些邮票？"

但他到底是个孩子，十一岁的孩子，一个安静、秀气、心思缜密的孩子，还是个被大人教导过，知道要敬重长辈的孩子。所以他只是杵在原地，用他那双沥青似的黑眼睛看着。老克罗克稍稍噘起那拘谨的薄唇，看也不看格罗佛，就用他细瘦、干枯的手指捡起邮票，然后一个转身，拿着那些邮票左摇右晃地荡向放钱的抽屉。

他将两分钱的邮票折好收进一个荷叶边圆盘，也把一分钱的邮票折好收进旁边另一个荷叶边圆盘。接着，他关上放钱的抽屉，左摇右晃地荡向另一头。此时的格罗佛面色沉静而凝重，他始终看着克罗克先生，偏偏克罗克先生就是不看过来，反而拿起几块盖了戳记的纸板，开始将纸板拗成纸盒。

没多久，格罗佛说："克罗克先生，能不能请你把三张一分钱的邮票还给我？"

克罗克先生没理他。他继续拗纸盒，那薄薄的嘴唇也配合每一个拗折的动作紧紧抿起。倒是正同样用那欧芹一般的双手拗折纸盒的克罗克太太转向自己的丈夫，尖刻地低语着："哼！我什么都不会给他的！"

克罗克先生抬起头来，冲着格罗佛说："你还杵在那儿干什么？"

"能不能请你把三张一分钱的邮票还给我？"格罗佛说。

"我什么都不会给你的。"克罗克先生答道。

他放下手边的工作，沿着柜台摇摇晃晃地荡了过来。"给我滚出去！别再拿着你那些鬼邮票上门——"克罗克先生说。

"我倒想知道他那些邮票都是从哪儿弄来的——我对这比较有兴趣。"克罗克太太说。

她说这话的时候，头并没有抬起来。她只是将头朝克罗克先生的方向稍微一摆，并继续用她欧芹似的手折纸盒。

"给我滚出去。"克罗克先生说，"别再拿你那些鬼邮票上门了……你那些邮票都是从哪儿弄来的？"

"我就是在想这个问题。"克罗克太太说，"我一直在想这个问题。"

"你这两个礼拜都拿那些鬼邮票上门——"克罗克先生说，"我看不惯。你那些邮票都是从哪儿弄来的？"

"这就是我一直思考的问题。"克罗克太太又说了一遍。

格罗佛茶青色的肌肤透着一片苍白。他的双眸失去了光彩。那双眼看起来就像两颗惨淡、呆滞的沥青球体。"是里德先生……"他说，"那些邮票是里德先生给我的。"然后，他忽然不顾一切地吼了起来，"克罗克先生，里德先生可以解释我为什么会有那些邮票。你可以问问里德先生。我帮里德先生干了些活，他两个礼拜前就给了我那些邮票。"

"里德先生呢……"克罗克太太酸溜溜地说。她的头转都不转一下。"那可真是天大的笑话。"克罗克太太说。

"克罗克先生……"格罗佛说，"请你把三张一分钱的邮票退还给我，好吗……"

"给我滚出去！"克罗克先生喊道，并开始左摇右晃地荡向面前的格罗佛，"不准你再踏进店里一步了，小子！这事儿绝对有蹊跷！我看不惯。我也不稀罕做你的生意。"克罗克先生说，"要么你就跟其他人一样拿钱来买，否则老子不做你的生意。"

"克罗克先生……"格罗佛又唤了一声，他脸上那茶青色的肌肤已经透出一片死灰，"你能不能把三张一分钱的邮票退还给——"

"给我滚出去！"克罗克先生大吼一声，人也左摇右晃地荡向柜台的前端，"你这小子再不给我滚出去——"

"我就叫警察了。是我的话,就会这么做。"克罗克太太说。

克罗克先生摇摇晃晃地荡到柜台较低的一端,再径直朝着格罗佛摇摇晃晃而来。"滚出去。"他说。

他逮住男孩,再用那枯瘦的小手推了推男孩。格罗佛心口顿时一阵空虚。他觉得好想吐,好郁闷。

"你得找我三张一分钱的邮票。"他说。

"你给我滚出去!"克罗克先生厉声叫道。他抓住纱门猛地一拉,接着便把格罗佛给推了出去。"不准你再踏进店里一步。"他说,还停顿了一会儿,任薄唇微微颤动着。他背过身去,左摇右晃地荡回店里,那扇纱门则在他身后砰地关上。格罗佛站在人行道上。广场上,光来了又走、走了又来。

男孩就这么站着。一辆载货马车嘎哒经过。一些人从旁走过。盖瑞特杂货店那辆四轮运货马车的车夫抱着装满杂货的箱子走出店门,把箱子放上马车后再使劲关上货厢的车门。但格罗佛没注意这些人和事，他日后也不会记得有这些人和事。他那茶青色的脸庞透着死灰，而他只是一味地站在那儿，就在太阳的注视下感受这就是时间，这就是广场，这就是宇宙的中心，就是弥久不变的花岗岩岩核。他感受着当下的格罗佛，当下的广场，当下的时间。

然而，有个东西却不在这白昼之中。他感受着这滔滔而至，让人痛心入骨的愧疚，打从有了时间，这土地上的每个孩子、每个良善之人便不断感受着的愧疚。这让人痛心入骨的愧疚如波波狂潮翻涨而来，就是先前那股愤怒也渐渐被拍熄、被淹灭。因此，格罗佛这么想着："这就是广场。"就如先前那般想着。"这就是当下。这儿有我父亲的铺子。这儿所有的一切都是老样子——除了我。"

整座广场在他周围趔趔趄趄地旋转了起来，光在他眼前都成了盲灰的尘埃。喷泉激泻而出的水张着缤纷的虹彩，然后复转为向上潺潺搏动的羽状水柱。但这白昼之中该有的明亮已尽数消失，于是乎："这儿就是广场，永恒在这儿，时间在这儿——这儿所有的一切都是老样子，除了我。"

怅然若失的男孩拖着脚上磨坏了的靴子盲目而

蹒跚地走。他麻木的双脚穿过了人行道,走上这铺筑过的路面,抵达广场中央的规划区域——这儿有簇簇草地,有片片花坛,有才一转眼,就开得红艳的团团天竺葵。

"我想一个人待着……"格罗佛心想,"待在离他远远的地方……天啊,希望他永远不会听说这件事,希望永远不会有人告诉他……"

喷泉的羽状水柱激泻出水花,水花张着缤纷的虹彩泼溅在他头上。他走了过去,看见广场的对面后便穿过街道,心想:"天啊,要是爸爸真听说了这件事……"此时,他那麻木的双脚已经踏上通往他父亲铺子的台阶。

他看着、感受着这段台阶,这段由老木材搭成、总长二十英尺的台阶的宽度与厚度。几位马车夫正懒散地坐在街道的另一头,任由他们的长鞭在人行道上如蛇蜿蜒。广场朝着这儿的烟囱下倾,地上铺设的鹅卵石粗糙而坚实,一旁的楼梯一阶阶爬升至上方的看守所。他脚下是下午三点的市集拱门,是专供马车车夫和乡下的运货马车休憩停靠的斜坡路段,是高高低低,用陶土盖得坑坑巴巴,还挖设了水沟的黑鬼镇,是棚屋和房舍。再远一点,便是山那近在眼前、随着四月悠悠转绿的轮廓。

他全看见了——父亲铺子走廊上业已斑驳、漆色暗淡、反常的墨绿色铁柱(不过这种铁柱在这块土地上、这种气候下,终会褪成这种墨绿色),以及两尊身上黏了蝇粪的天使、久候的石群。他看见珠宝商黏了蝇粪的窗户、窗台、用螺丝拧紧的眼镜,也看到里头那扇立在珠宝商身旁的木制小围栏,还有珠宝商那宽广的额头、黄色且布满皱纹的面容,再加一组保险柜、积得厚厚的灰尘、日久发黄的报纸。

更远一点就是石匠的铺子。那铺子里里外外都置放了形状冷硬的白色石头和大理石、磨圆的石头、基石。从容自若的天使正用两只坚实的大理石手捧着慈爱。

他父亲的铺子后方隔了一间办公室。格罗佛继续往走廊的尽头走,走过一件件伫立在旁的白色形体,走至作坊的最里端。他知道这个地方——左手边的角落有架小型的铸铁炉,炉上满是结块,布着暗暗的褐色和热气泡;长长排烟管的弯头弯过整间铺子向外探出，架高的窗户脏兮兮的，面朝黑鬼镇的方向俯瞰着整座市集广场；铺子里的架子简陋而陈旧，作为隔层的厚木板都没刨平，刺出的纤维就像动物坚韧的体毛。这些架子上摆了各种尺寸的凿子，还蒙着一层石灰。这儿有台装了泵踏的砂轮，有扇通往楼下窄巷的门，只是这扇门离地尚有十二英尺；锡制的小便斗包着坚硬的外壳、红铜色的外观，散发冲天的臭气，有木框或由撕碎棉花网成的纱门围住。这个房间里放了两组以粗糙的锥顶木条制成的 A 形支架，架上躺着墓石，而男人就在为其中一块墓石刻字。

男孩一瞧，看见了墓石上的名字"克里斯曼"（Creasman）。男孩看见上头刻成"约翰"（John）的一笔一画，看见"s"那充满对称之美的形体，也看见"约翰·克里斯曼，一九〇三年十一月"展现出的纤细愁情——约翰从头到脚多了几分粗犷，棕色的胡茬也冒了出来，身旁还多了好几株松树，身上头上都沾满了红土。

男人昂首一看。他五十三岁了，憔悴的面容上蓄着短髭，瘦骨嶙峋，还长得非常之高。想必有六点四英尺这么高，甚或更高。他衣着体面——他穿着体面而沉重又过大的深色衣服——就是缺了件外套。他穿着衬衫工作，衬衫外罩了件背心。一条坚固的表链垂挂在他的背心前。他燕子领的领口上打了条黑领带，然后是喉结、没什么肉的额头、没什么肉的鼻子、浅亮的灰绿色眼睛与并不深邃、冷淡，看上去总透着那么点孤寂的眼神，还有攀住他肩头的条纹围裙、浆过的袖口。他一手握着木槌——不是铁锤，而是一把巨大的圆木槌，就像肉贩子用的肉槌——另一只手里则是一把坚固冰冷的凿具。

"今天可好，儿子？"

他说话时并没有抬头看格罗佛，只是轻声地说，心不在焉地说。他拿着凿子和木槌又敲又打，一如试图为人修表的珠宝商，不过这个男人是会出力的，他手中的木槌也带有力道。

"怎么啦，儿子？"他说。

他从桌子前端绕了一圈，然后再次着手凿刻"J"。

"爸爸，我真的没偷那些邮票。"格罗佛说。

男人放下手中的木槌，也将凿子平放好。他绕过 A 形支架,走了过来。

"什么东西?"他说。

格罗佛眨了眨他黑如沥青的眼睛,那双眼便倏然一亮,迸出几滴热泪。"我真的没偷那些邮票。"他说。

"嘿,这是怎么一回事?"男人说,"什么邮票?"

"就里德先生给我的邮票。之前那个男孩病了,所以我在他那儿替他干了三天的活。结果老克罗克……"格罗佛说。"他把邮票都拿走了。他今天把我剩下的邮票全部拿走了。我跟他说这些邮票是里德先生给的。他应该要找我三张一分钱的邮票……然后老克罗克说他不相信那些真的是我的邮票……他说……那些邮票一定是我从哪儿弄来的。"格罗佛说。

"那些邮票是里德给你的——嗯?"石匠说,"那些是你的邮票——"他舔舔自己压在嘴唇上的拇指,接着便走出这间作坊,进入储物间后再清了清喉咙,大喊一声"杜纳多"。但是杜纳多,也就是那名珠宝商,人正好不在。

于是男人走了回来。他清清喉咙,并在走过办公室那面漆成灰色的老旧木头隔板时,又一次清了清喉咙、舔了舔拇指,然后开口:"好了,我说——"

接下来,他一个转身,二度迈步走向作坊前头的空间,也走过杜纳多那方用围栏圈起的肮脏小天地。他清清喉咙,并说:"我告诉你——"然后,他顺着两旁摆满墓石的走道开始往回走。他轻声细语地说:"老天在上,现在——"

他牵着格罗佛的手穿过广场,两个人疾行如飞。他俩走过走道上一块块墓石,走过大理石走廊,走过守在墓石间那黏着蝇粪的天使,走过木制台阶,走过马车车夫和鹅卵石斜坡,走过看守所的侧梯,走过市政厅、市集,走过广场那不相对称的东南西北面,走过呈现着不同建筑风格的建筑物和砖砌房子——他俩走过这广场上的一切,但他们自身并没有发现。

喷泉水潺潺搏动,那激泻而出的羽状水柱张出一片虹彩,映在这两人身上。一匹嘴已干裂,不过依旧从容不迫的老灰马,正在舔弄饮水槽里流动的冰凉山泉——就在格罗佛与他父亲穿过广场的时候。

男人牵着那只手,牵着他个头瘦小的儿子的手——男孩的手就这么被囚在、握在石匠的手中——大步经过走道,经过那些形状冷硬的大理石,经过那两尊天使所在的走廊,然后下了楼梯,经过那些坐在台阶上的马车夫。

他俩穿过那片水花张出的虹彩,穿过广场,走到对面后再径直朝着糖果店而去。男人身上还挂着那件长长的围裙。他没有停下来脱掉这件长长的条纹围裙,他也依然牵着格罗佛的手。他打开纱门,一脚踏进店里。"把邮票还给他。"他说。克罗克先生自柜台后方左摇右晃地往前一荡,那不苟言笑、步步为营的表情似乎添了几分笑意。"一切都是因为……"他说。

"把邮票还给他。"男人说,并将几枚硬币扔到柜台上。

克罗克先生左摇右晃地荡开,拿了邮票再左摇右晃地荡过来。"我真的不晓得——"他说。

石匠取走邮票,把邮票交给孩子。克罗克先生则收下那些硬币。

"一切只不过是——"克罗克先生说——微笑着说。

穿着围裙的男人清了清喉咙。"你没当过父亲。"男人说,"你从不知道做父亲的感受,也无法体会孩子的心情。所以你才会那样对待他。但你已经得到了报应。你已经被上帝诅咒了。他要折磨你。他让你像现在这样瘸腿、无子无后——就像现在这样瘸腿、无子无后、悲惨痛苦,躺进棺材之后就被人忘得一干二净。"

而克罗克先生的妻子只是不断搓揉那双纤细的小手,苦苦哀求着:"噢,不——噢,别那么说,求求你,请你不要那么说。"

石匠走出糖果店,他仍喘着粗重的大气。光再次走进白昼。

"好了,儿子……"他说,并将手贴在男孩的背上,"好了,儿子……"他说,"别再难过了。"

他们走过广场。那片张着虹彩的水花泼洒在他们身上,那匹老马舔弄着饮水槽里的山泉。"好了,儿子……"石匠说。

然后，那匹老马沿着斜坡而下，蹄在鹅卵石上奏出足音。

"好了，儿子……"石匠又说，"要当个好孩子。"

然后他自顾自地走着，不一会儿便迈开大步，走回自己的铺子。

怅然若失的男孩站在这座广场上，紧挨着他父亲铺子的走廊。

"这就是时间。"格罗佛心想，"这就是格罗佛，这就是时间——"

一辆车转了个大弯驶进广场。那车尾张贴广告的薄板上有张海报，海报上写着"圣路易斯"、"远足"、"博览会"。

广场上，光来了又走、走了又来，而格罗佛就站在广场上静静思忖着："这儿就是广场，这儿有格罗佛，有父亲的铺子，这儿有我。"

……那天我们途经印第安纳，一路前往——你当时还太小啦，孩子，应该记不得这事儿了——我老想着那个早晨，格罗佛在我们坐车途经印第安纳，一路前往博览会时的模样。这一路上，苹果树都开花了。那是个四月天，所有的树都开花了。印第安纳时逢初春，景物也开始有了绿意。我们家那边当然没有印第安纳那种农场。那种农场是不可能出现在我们住的山上的。格罗佛呢，不消说，也从未见过那样的农场。我想他这孩子是打算用心欣赏，大饱眼福一番。

于是他坐在位子上，鼻子紧紧贴着窗户向外望——我永远忘不了他坐在那儿望着窗外的模样——他动也不动地望着。他的样子是多么认真，多么认真地望着窗外的景色——他从不曾见过那样的农场，他要好好看个够。那整个早晨，我们傍着沃巴什河而行——就是那条流经印第安纳，还被写成了歌的沃巴什河。是的,我们那个早晨就傍着这条河一路前进,你们这几个孩子就在这趟行经印第安纳的旅途中围着我团团而坐。我们要去圣路易斯,去博览会。

你们几个一直在走道上跑来跑去——不,不对,欸,是呀,你当时还太小了,你那年才三岁大,我是不会让你乱跑的。不过你的哥哥姐姐确实不停在走道上跑来跑去,将脸凑上一扇又一扇车窗。他们一下跑到左边、一下跑到右边,发现了什么新鲜事儿就会放声吆喝,赶忙叫其他人也过来瞧瞧。他们一路上都试着眼观六路,恨不得背后也长了眼睛似的。你瞧,孩子,这是他们头一回到印第安纳,所以我猜这几个孩子都觉得眼前的一切是多么陌生、多么新奇呢。

他们好像怎样都看不过瘾似的,好像一刻都静不下来。他们来来回回不停地跑来跑去,还不断冲着对方大呼小叫。后来我终于开口:"我敢说!孩子们!我从没见你们这么激动过!"我说:"看看你们,一直跑来跑去,一刻也静不下来——可真让我大开眼界了。"我还说:"你们这些精力到底是打哪儿来的?"

你瞧,他们应该都因为这趟圣路易斯之行而兴奋得不得了,也对这一路上的景物充满了好奇。他们多么青春,在他们眼里,一切都好陌生、好新奇。他们克制不了自己,就是想看遍窗外的风景。但是——"我敢说!"我告诉他们,"你们这几个孩子再不坐下歇一会儿,可没那个力气一游圣路易斯和博览会!"

格罗佛却不然!他——不,先生!唯有他例外。听着,孩子,让我告诉你——我一手将你们这群孩子拉扯大——我看着你们渐渐长大,然后一个个离乡背井、外出打拼——你们全都是脑袋灵光的聪明人,欸,不是我要说,我生的孩子没有一个是傻瓜——可不是嘛!我总说你这孩子聪慧得很……那些人今儿个才来拜访我,还大大夸赞你有多聪明。这让我想到你怎么出人头地,怎么像俗话所说"一举成名天下知"——但我不动声色,你知道的。我只是静静坐在那儿,随他们讲。我不会把你夸得天花乱坠——他们要大肆吹捧你,那是他们的事儿。我这辈子从不在外人面前夸耀自己的孩子。

当初爸拉扯大伙儿长大，就再三训勉我们，有教养的人是不会拿亲人来说嘴的。"要是外人想夸上几句——"爸说，"就让他们夸去。千万别出言附和，也绝对不要显露一丝丝了然于心的表情。就闭上嘴，让他们说去。"

所以说，当他们来拜访我，还在我面前提起你所有的成就，我完全不动声色。我连一个字都没回。欸，可不是嘛！——是，你瞧，就在这儿——哦，大约一个月前吧，这位小哥——是位穿着讲究的人，你知道——那样子颇有几分书卷气，看上去也算个有头有脸的人物——他来拜访过我。他说自己是打新泽西来的，还是远从那个地方的什么地区来啊……他问了我林林总总的问题，比方你小时候是个什么样的孩子之类的问题。

我呢，就假装仔仔细细前思后想了一番，然后说："唔，是的。"——我摆出好不正经的样子，你知道——"欸，是啊，我想我多少知道他的一些事情——他毕竟是我的孩子，正如其他几个小孩也是——我是怎么带大其他那些孩子，就是怎么将他教养长大的。他——"我说——哦，我当时的态度好不严肃呢,你知道——"他小时候并不是个坏孩子。当然呀——"我说,"他在十二岁之前,就跟我其他几个孩子差不多——就只是那种普通而正常的好孩子。"

"喔。"他说,"但您都没看出什么迹象吗?他难道没有任何不太寻常的表现?"他说,"任何有别于您在其他孩子身上发现到的特出之处呢?"我没透露一点口风,你知道——我只是静静听着对方说,并摆出一副极其严肃的样子——我就摆出一副极其严肃的样子,假装仔仔细细前思后想了一番。"啊,那当然是没有的。"我说,一个字、一个字慢慢地说,就在我彻底思索过后,"他就跟我其他几个孩子一样有双好眼睛、一个鼻子、一张嘴,也有两条胳臂两条腿、一整头的头发,手指和脚趾的数量也跟他们的一样标准——现在想来,他小时候要是在这些方面有别于他的哥哥姐姐,我应该马上就注意到了。不过,就我记忆所及,他就是那种乖巧、平凡、正常的男孩,就跟我其他几个孩子没有两样——""是的……"他说——哦,他非常激动,你知道——"但他难道不聪明吗?——您难道不曾看出他有多聪明？——他绝对比您其他几个孩子都要聪明吧！""嗯，这个嘛……"我说，也不忘装出仔细思量的样子，"让我想想……有了——"我说，我就直视着他的眼睛，用正经八百的态度回答，"他在学校表现得相当不错。从没留过级。我从没听说他的老师会在课堂间罚他戴上'朽木不可雕也'的尖顶高帽。可话说回来……"我说，"我其他几个孩子在学校也没戴过那种帽子。说老实话，我没有要夸赞他们的意思。我不认为夸赞自己的孩子是件好事。如果有人想夸我的孩子多好多聪明，那是他家的事儿。我们既平凡又普通，从不敢妄称自己有多么与众不同。但这种话，我还是能替他们说说的——他们每个人生来都有一定的悟性与才智。他们或许谁也不是天才，可一个个都是头脑清醒，能够随机应变的孩子。也从来没有人建议我把哪个孩子送到弱智儿童之家照顾。好了——"我说，直视着他的眼睛说，你知道，"这话听起来或许没什么大不了，却已经超出我平时会为一些熟人说的好话了。嗯……"我说，"嗯，是啊……"我说，"我想他确实是个挺聪明的孩子。

他这点一直让我无可挑剔。他是够聪明——"我说，"唯一的问题就是——这点我跟他提过上百遍了，所以我现在讲的可不是他从没听过的事儿——他唯一的问题——"我说，"就是太懒惰。"

"懒惰！"他说——哦，你真该看看他当时的表情，你知道——他吓了一大跳，好像让人用针戳着似的。"懒惰！"他说，"哎呀，您该不是打算告诉我——"

"是的。"我说——哦，我从头到尾都没笑——"上回我见着他，也跟他说了同样的话。我跟他说，他是何其幸运，有这能说善道的本事。当然，他上过大学，也念过不少书。我想那些人说他拥有所谓'流畅的语言'，应该就是这么来的吧……不过，正如我上回见着他时对他说的，'听我一句——'我说，'你能像现在这样依靠轻松愉快，犯不着挥汗如雨的工作养活自己——'我说，'真的非常幸运。毕竟你的亲戚里没有一个人——'我说，'能像你这般幸运。他们一个个为求温饱，都得辛苦地劳作。'"

哦，你瞧，我告诉他了。我当场就挑明了告诉他，毫不掩饰地告诉他。而且，你知道吗——我真巴不得你能看看他当时的表情？他那表情实在太有意思了。

"我说——"最后，他开口，"您不得不承认，对吧——他就是您所有孩子中最聪颖的一个，对不对？"

而我只是瞧了他一会儿。这下子，我必须讲出真话了。我不能再这么愚弄他了。"不。"我说，"他确实是个聪明的好孩子——他这点一直让我无可挑剔——但要说我最聪明的孩子，那个在悟性、理解力和判断能力都赢过我其他小孩的孩子——我最出色的孩子——我这辈子见过最聪明的孩子——则是你不曾认识的那位——你从没见过的那位——我那已逝的孩子。"

他看了看我。片刻之后，他开口说："是您的哪一位孩子呢？"

我试图告诉他。可当我试图说出"圣路易斯"，这几个字就是脱不出口。孩子，孩子呀，我又忆起那可憎的地名——那地名还是那么可憎，就跟以前一样啊。我说不出口。我一听到那个地名就痛得无法承受。事隔三十年——甚或更久?——每当有人对我说起那个地名,或只要我在什么地方听到那个地名,那段往事便会浮上我心头。那种感觉就跟旧日的恶疮再度裂开一样——我没办法,事情永远这个样。孩子,孩子呀……当我又想起那个地方,当我正打算告诉这位先生实情,我也忆起了那段往事。我开不了口。我必须别过头去。我想我是在哭。

因为,每当我想到那个老地名,就会看见他在我们坐车途经印第安纳,一路前往博览会的那个早晨,是多么认真地坐在那儿,还把鼻子紧紧贴在车窗上的模样。路上的苹果树都开花了,桃树也是,每一棵都开花了。那一路上的树、一路上的景物,都在我们顺着沃巴什河前往博览会的那个四月天绽放着花朵。

而格罗佛就坐在位子上,那模样一动也不动,好不认真——你其他几个哥哥姐姐则非常兴奋,老在车厢里跑来跑去,还大呼小叫,一下唤谁来、一下唤谁去——可格罗佛却坐在那儿看着窗外,一动也不动。他就这么坐着,跟个大人似的。他当时才十一岁半啊。孩子,孩子呀——他真的好乖,而且就像他去世那会儿报上说的,他的判断能力可比那些年纪大他一轮的人——他是我这辈子见过悟性最高,也最富判断力和理解能力的孩子。

而且呢,我说啊!——他在这么个早晨坐在这么一位绅士旁边看着窗外的景物——欸,是的,我现在要告诉你的事情,便可证明——即可证明他那不凡的悟性与判断能力。我们就坐在顺着沃巴什河前行的列车上,你知道。我们已经翻山越岭,进入了印第安纳的州境,然后——哦,当然,他们那儿是不来吉姆·克劳法[1]那一套的——然后车厢的门一开,他便走了进来,你知道,就提着手提袋大摇大摆地走至通道中间,仿佛这车厢就是归他所有——欸,就辛普森·费瑟斯顿那人高马大、肤色暗黄的黑麻子——届时到了圣路易斯,我们就得靠你爸保护了——哦,他昂首阔步走了进来,接着多么不知轻重、明目张胆地脱下身上的大衣,将手提袋放到行李架上,然后大大方方坐了下来,一点儿也不拘束。乖乖,好像整条铁路都是他的一样。当然啊,没错,我们当时是在印第安纳,而当地并

---

1 泛指美国南方于 1877 年至 1965 年施行的种族隔离法律。

没有禁止有色人种与白人乘坐同一车厢的法令。于是乎,就在我们进入印第安纳州境之时,这恬不知耻的黑鬼也从后头的黑鬼专用车厢进入了我们的车厢——哎呀,好个没分寸的家伙!"唔……"我暗自忖道,"要是他胆敢觉得可以这样为所欲为下去,我可要好好修理他!立刻叫他明白这个国家都是谁在作主!"所以我出声叫了叫他。我虽然晓得他在打什么歪主意,但我没有表现出来,只是像个法官严肃地对他说:"辛普森——"我说,"我想你搞错了。""不,夫人——"他说——哦,一副眉开眼笑的样子呢——"咱啥也没搞错,艾莉莎小姐。""哦,有的,你搞错了。"我说,"你何不看看四周,瞧瞧自己身在何处?好了——"我直视着他的双眼,"还不快起来,赶紧带着你的行李从那条过道回到你们的车厢,回到你该坐的座位上。""哦,不,夫人。"他说,还露出了牙咧嘴笑着,"咱不需要回那节车厢。"他说,"咱现在到了印第安纳,咱爱坐哪儿就坐哪儿。"

接着,格罗佛起身往回走,还直直瞧着他的双眼。"不,你不能这么做。"他说。"为什么呢?

是什么原因让咱不能这么做？"辛普森·费瑟斯顿说。他看着格罗佛说话，好像有点惊讶的样子。"欸，格罗佛先生，法律说咱可以这么做。"他回道。格罗佛便看着他说："这儿的法律或许如此，我们的法律却大不相同。我们不是这么做事的，你也不是这么做事的。没错，这点你心知肚明。"格罗佛说，"因为你受的是全然不同的教养。现在请你站起来，照妈妈说的，回到你该坐的车厢去。"

你真该瞧瞧那黑麻子脸上的表情。我后来想到这事儿，还会忍不住哈哈大笑呢。当然啦，他尊重格罗佛的判断，一如每个人都尊重格罗佛的判断——他知道格罗佛说得对——所以他站了起来，先生，他随即站了起来，先生，没说第二句话。他拎起自己的手提袋和大衣，顺着过道快步离开我们的车厢，回到他原本的车厢，他真正该坐的地方。这个时候，那位坐在格罗佛旁边的绅士转过头来，朝我点了点头。"我说啊——"他告诉我，"好个了不起的孩子。"当然，他看出来了，你知道。他是个明眼人。他能看出格罗佛比绝大多数的大人都要有品有格，而他没看走眼。

所以他就坐在那儿，你知道，那个早晨，格罗佛就坐在位子上看着窗外的沃巴什河，看着我们看到的一座座农场。因为，我想，他长这么大还没见过那样的农场——我仍记得他坐在位子上看着窗外景物的模样。我仍记得当时他那头乌黑的头发、那双沥青似的黑眼睛，还有他脖子上的胎记——我生的孩子里，就你跟格罗佛是黑发黑眼睛，其他人生来都是一头轻盈的金发、灰色的眼睛，就像他们的父亲。但你和格罗佛长得就像彭特兰家族的人，就像他们的黑发黑眼睛，就像黑发黑眼睛的亚历山大和彭特兰家族的人。你跟你李舅舅简直是一个模子刻出来的，但格罗佛的发色、眼睛的颜色，又比你俩的更黑。

所以，格罗佛就坐在这位绅士旁边看着窗外的景物。然后他转过头来，开始问这位绅士各式各样的问题——那是什么树啦、那头种了什么作物啦、那些农场有多大啦——各式各样的问题，而这位绅士也能应答如流，直到我开口："哎呀，我敢说，格罗佛！你不该提这么多问题的。你会扰了这位绅士的清静。"我在担心，你知道，我怕这位绅士会因为格罗佛东问西问而感到烦不胜烦。

这位绅士立刻仰头大笑，开怀地大笑。我不晓得他有何来头,也不曾请教他的大名,不过他看上去一表人才,还非常喜欢格罗佛的样子。我说啊,他立刻仰头大笑,并告诉我:"您别操心这个小家伙。他不碍事儿。"他说,"小家伙一点都没打扰到我。我若晓得他问题的答案,便会回答他;不知道的话,也就如实告诉他便是。小家伙不碍事儿。"他说,还伸出手臂搂住格罗佛的双肩,"您就别管他了。小家伙完全没有打扰到我。"

我依然记得他当时的模样,他那双黑眼睛、那头黑发,以及他脖子上的胎记——他那如此沉静、严肃,又那么认真的模样。他就这样看着窗外的苹果树、农场、谷仓、屋舍和果园,将看得见的一切尽收眼底、心里,因为,我想,这一切对他来说是那么陌生而新奇。

孩子,孩子呀,这都是好久以前的事了,但当我又听到那个地名,这段往事便会浮上我心头,仿佛昨天才发生过一样历历在目。而今,那道旧日的恶疮又裂开。我能看见他当时的模样,就我们一路傍着沃巴什河,为了前往博览会而行经印第安纳的那个早晨,他映在我眼中的模样。

三

……你还记得他长什么样子吗?……我是说他那块胎记,他的黑眼睛,他那茶青色的肌肤……但你当时应该还很小……我前几天才在看那张旧照片……知道我说的是哪张照片吗?——就我们一起在伍德森街的那栋房子前拍下的全家福呀……不过,照片里没有你……你没入镜……你根本还没出生呢……你记得我们以前总爱消遣你,说你当时还是晾在天堂里的一条洗碗布,所以老是错过家里的大事,然后你就会因为我们这番话而气得咬牙切齿?……呵呵呵呵呵……

……你是家里的小宝贝……正因为你是家里的小宝贝,大伙儿才会这么逗你的……你当年没入镜,对吧?……呵呵呵呵呵呵……我前几天才在看那张旧照片……大伙儿都在呢……而,天啊,这一切又是什么意思?……你可曾有过这种怪怪的感觉?你懂我的意思——你可曾觉得这一切也太莫名其妙了？或者，你思考过这些事情吗？……我是说，你可曾回、回、回想……你懂我的意思——当你试图将这些事情理出个头绪来……欸，有想过吗？……好了，我想听听你的看法……你上过大学，理当晓得这问题的答案才是……告诉我吧，你有好好思考过这种问题吗？……因为我想听听你的看法呀——你懂我的意思吗？……如果你知道答案，希望你能告诉我……

……呵呵呵呵呵。

……我明白，但……天啊，当我不时想起以前的自己……你可曾停下手边的事儿，专心思考这种问题？……现在，就让我问问你吧……我们以前都是些什么样的人，我们当时的模样……我现在很想知道……我现在隔三岔五就会想起过去曾怀抱的许多梦想……我弹钢琴，每天练上七个钟头，老想着哪天能成为一名伟大的钢琴家……我跟奈尔阿姨学唱歌，因为我觉得自己日后会在歌剧界闯出一片天……呵呵呵呵呵……你能相信吗？……你能想象吗？……呵呵呵呵呵……我！唱着大歌剧的我！……呵呵呵呵呵……好啦，我想问问你……我想听听你的看法……

……你现在弄清楚了吗？……你是否已经知道答案了？……因为，如果你知道答案，希望你能告诉我……主啊！当我走在城外的街头，看着许许多多打扮滑稽的少男少女在药房附近闲荡……我总会纳闷……我是说，瞧瞧这些人一张张滑稽的脸蛋……还有他们那些滑稽的对话……你觉得我们以前就是那个样子的吗……我是说，这些打扮滑稽、难称体面的少男少女……你觉得我们以前就和他们一样吗？……和他们一样滑头滑脑地谈天说笑，你知道……那个词是这样用的吗？……你懂我的意思？滑头滑脑……这会让你怀疑……你觉得那些少男少女除了在药房附近闲荡、滑头滑脑地谈天说笑，可曾想过其他的事儿？……我现在倒想了解一下……你认为这些少男少女里头，有几个会像我们这样胸怀大志？……你觉得那群打扮滑稽的少女中，又有谁梦想着靠歌剧演出而飞黄腾达？……你没看过我们那张旧照片吗？——我们拍那张照片的时候，你应该还没出生……但我前几天才在看那张旧照片……那照片是我们在伍德森街街尾的那栋老房子前拍的，爸爸穿着他那件燕尾服站在那儿，妈妈则站在他身旁……还有格罗佛和班、史蒂夫、黛西跟我，一个个踩着脚踏车的踏板……至于卢克，那可怜的孩子，他当时才四五岁大。他不像我们都有自己的脚踏车。呵呵呵呵呵……但他也在。大伙儿都在，而且……

是啊，我也在，就撑着两只细得可怜的竹竿腿，穿着白色的长裙，扎着两条垂落在背后的麻花辫。大伙儿都穿着好不滑稽的衣服，衣服上都绣着怪不溜丢的图案。奥利·甘特也在，就穿着他那套美西战争的军装站在妈妈和爸爸的旁边……差不多就是那个时候拍的吧，你不记得穿着军装的奥利了吗？……不，你当然不记得。你还没出生呢。

……不过，虽然这么说怪难为情的，我们大伙儿看上去还是那么漂亮。八六线那面老路牌也入镜了，还有我们的前廊、葡萄藤、屋前那一簇簇的花坛……艾莉莎小姐就站在爸爸身边，腰际还别着一只表坠……呵呵呵呵呵……你还记得妈妈和她那只表坠吗？……还有艾米·帕特里奇小姐、马加比家族姐妹会……呵呵呵呵呵……我不该笑的，但艾莉莎小姐……欸，妈妈当年可是风姿绰约的美人呢……你明白我的意思吗？我是说艾莉莎小姐以前可是个端庄贤淑的美人，然后爸爸就穿着燕尾服站在她的身旁。你还记得以往每逢周日，他总要盛装打扮一番吗？……而我们也总觉得他真的好有派头……还记得他会让我拿出他的钱，算算共有多少……我们总以为他有花不完的钱……而广场上那间又小又破的大理石铺子，在我们眼中又是多么恢宏美好……呵呵呵呵呵……现在，你能相信吗？……我们之所以认为爸爸就是镇上最有分量的人，而且……不，不是这样的！不是这样的！爸爸自然有他的缺点，但爸爸是个了不起的人。这你是知道的！

……还有班和格罗佛、黛西、卢克跟我……我们全都排排站在那栋房子前，一个个单脚踩在脚踏车的踏板上……然后我开始回想过去的一切。然后我全都想起来了。

……他真是个讨人喜欢的孩子。你还记得他吗？你可记得关于他的一点一滴？你可记得他在圣路易斯时的样子……你当年才三四岁，可你应该多少有点印象才对……还记得我每次要帮你擦澡的时候,你都会大哭特哭吗?……呵呵呵呵呵……你还记不记得这事儿?……你难道忘了我都怎么把你放进澡盆,然后帮你擦洗身子时,又好像要把你从头到脚的皮都给剥下来似的……还记得你都怎么哭着喊格罗佛吗?……呵呵呵呵呵……可怜的小东西,我一把你放进澡盆,你就会开始放声大叫,吵着要格罗佛过来呢……呵呵呵呵呵……

那个时候的我,就像在妈妈的屋子里干活儿的小丫头……我刷惯了地板,所以把你抱进澡盆之后,也不由自主地把你当成房间的地板刷洗了吧……呵呵呵呵呵……你都不记得了吗?……一点印象也没有?……

这么多年过去,这事儿我一直到前几天才总算回想起来,接着便瞧见那张旧照片,继而忆及那一段往事……那个时候,格罗佛在博览会展场外的"内部酒店"工作……

……你还记得内部酒店吗?……就是包在整个博览会园区里的那栋旧式木造大房子啊……那你还记不记得,我总会带你到酒店那儿等格罗佛收工?……还有看书报摊的肥嘟嘟的老比利·佩勒姆……记得他每次都会给你一条口香糖吗?……呵呵呵呵呵……你记得比利·佩勒姆和他的口香糖吗?……

他们都爱死格罗佛了……每个人都喜欢他……他真是一个讨人喜欢的孩子……而最令格罗佛洋洋得意的,不就是你吗?……你忘了他都怎么带着你四处炫耀的?……记得他老是牵着你走来走去,还要你跟比利·佩勒姆说说话吗?……还有站柜台的柯蒂斯先生?……还有老被人叫作艾伯特王子的那位门童?……可怜的艾伯特·福克斯,老是笨手笨脚的高个儿……呵呵呵呵呵……你不记得艾伯特·福克斯了吗?……还有还有,格罗佛一直想办法要你张嘴说出"格罗佛"三个字呢……可你就是说不标准……记得吗,你偏偏发不出"o"的音……你都会说"格厄法"……你不记得了吗?……你可不能忘了这事儿,因为……你那个时候,真是个可爱的小东西呢……呵呵呵呵呵……你懂我的意思?……看我,这话都说到哪儿去了,不过你以前真的是个人见人爱的小家伙……呵呵呵呵呵……你万万不该忘记这事儿的。因为呢,孩子,我告诉你,你那个时候,可是号响当当的人物……

……我前几天看着那张旧照片,也一边忆及这些往日旧事……我们都怎么跑去找他啦,他又怎么带我们上游乐园玩的旧事……你记不记得那座游乐园?……你记得里头的食蛇人和活生生的骷髅人、脂肪女,还有滑水道、观光缆车跟摩天轮吗?……你记得我们有天晚上带你坐摩天轮,结果你怕得又哭又闹的事吗?……你声嘶力竭地吼呢……我试着一笑置之,可我跟你说,我当时也一样怕得要命……以前那个年代,摩天轮可不是什么常见的玩意儿……但格罗佛却笑话我们,说摩天轮一点也不危险……主啊!我可怜的小格罗佛。他当年还不到十二岁,在我们眼里却像个顶天立地的大人了……就是大他两岁的我,也觉得这世上没有他不知道的事……

那可怜的孩子总会带些东西回来给我们——就用他在博览会挣来的寥寥可数的薪资,买些冰淇淋或糖果给我们……

……我想到和他进城的那个下午……我俩

应该是从家里偷溜出去的吧……当时妈妈出门了……于是我跟格罗佛搭上路面电车进城去……然后呢,主啊,我们当时还觉得是要去什么不得了的地方呢……那个时候,这就是所谓的"旅行"了……那个时候,光是乘坐路面电车就是一件值得写家书告知父母的大事喽……听说那一区现在已是房舍林立……

我们在国王公路上车,一路坐到圣路易斯的商业区……然后在华盛顿街下了车,开始四处走走看看……让我告诉你,孩子,我们以为那样就很不得了了。格罗佛带我进一间药房逛逛,还请我喝了汽水。然后我们走出药房,继续在附近观光。我们一直走到联合车站,又一口气走到了河边……我和格罗佛都被自己这番行为给吓得半死,也不免纳闷要是妈妈发现了这件事,到时候可会怎么说。

……我们直到天色转黑才决定离开,接着就经过一间小食堂……那是间老旧而残破的小吃店,里头的椅子也旧旧破破的,上门的客人都窝在柜台前的凳子上吃东西……为了知道那些人都点了什么来吃,又得花多少钱来吃,我们可是读遍了所有的招牌……我想，菜单上没有超过十五分钱的餐，可感觉就是气派得不得了，就跟德尔莫尼科餐厅一样气派得不得了……我俩鼻子紧紧贴着小吃店的窗户，两双眼不断朝店里瞧了又瞧……光是这么瞧着，我们这两个吓得半死的瘦巴巴小孩就感到无比激动呢……你懂我的意思吗？……我们使出吃奶的力气拼命吸闻那些食物的气味，觉得那些餐点香得不像话……接着，格罗佛将头朝我一摆，小声地说："走啦，海伦……我们进去啦……菜单上一道猪肉烩菜豆是十五分钱……这钱我有。"格罗佛说……"我身上有六十分钱。"

……我当时都吓到魂不附体了，根本说不出话来……我从没进去过那种地方……可我老想着："主啊，要是被妈妈发现了，那还得了……"我那时候的心情，就好像准备跟格罗佛去干什么罪大恶极的坏勾当似的……你明白我的意思吧？你也懂这种小孩子的感受吧？这种激动不已，毕生难忘的感受……我无法抗拒。于是我俩走进小吃店，坐上安在柜台前的高脚凳，然后点了猪肉烩菜豆和咖啡……我想我们真的是被自己这些举动吓傻了，根本没办法尽情享用。我和格罗佛只是把食物一股脑儿地往嘴里塞,再大口灌掉各自的咖啡。不晓得是不是我们太过激动的缘故……我猜那可怜的孩子已经病了,只是当时浑然未觉。可我转头看向他的时候,他一张脸死白而无血色……我就问他怎么了,他却怎么也不肯告诉我……他太有骨气了。他说他没事儿,但我看得出来,他病得一塌糊涂……然后,他就付了账……一共是四十分钱……四十分钱,我一辈子也忘不了……果不其然,我们只能勉强走出小吃店那扇门——他人还来不及走到路边,一切就发生了……

那可怜的孩子感到又惊恐又羞愧。他如此惊恐的原因并不是他吐了满地,而是他花了这么笔钱吃下的东西,竟都化为乌有了。而且妈妈准会发现这件事……可怜的孩子。格罗佛只是站在原地看着我,然后轻声地说:"噢,海伦,千万别告诉妈妈。她知道了一定会气坏的。"我们匆匆忙忙赶回家,到家时,他正发着高烧。

……妈妈早就在家里等我们了……她看着我们两个——你知道艾莉莎小姐一旦认定你做了不该做

的事儿，就会用什么样的眼神看你吧？……妈妈说："我说，你们这两个孩子究竟野到哪儿去了？"——我猜她已经准备要揍我们一顿了。接着，她看了格罗佛一眼。一眼就够了……她说："天啊，孩子，你这是怎么了！"——她的脸也变得苍白如纸……而格罗佛只回了一句："妈妈，我不太舒服。"

……他瘫倒在床上。我们帮他脱下外衣，然后妈妈将手贴在他的额头上一摸。后来她走到门厅来——她的脸苍白到你用粉笔在上面一画，都能留下黑色的痕迹——她低声告诉我："快去请医生来，他烧得好厉害。"

我就冲上街去，双腿直奔帕克医生的家，我那两条麻花辫还在身后飞扬。我把医生请来了。医生走出格罗佛的房间后，我就听到他跟妈妈说："是伤寒。"……我想她早有准备了……我想她很清楚……他以前就染过一次伤寒。她始终没放弃，一直照护他到最后……她从不会让我们察觉到她的绝望……但她当时就非常清楚了。她很清楚。

……我看了看她。她那张脸苍白如纸。她也看了看我，就像看着无形的空气一般看着我……她从不会正眼瞧我。然后，我听到她喃喃念着"走了……要走了"之类的话。噢，我的老天啊，我永远忘不了她当时的表情、她这句话的口气，我永远忘不了自己的心脏好似瞬间停止了跳动，然后翻入我的喉头……可怜的妈妈……在那栋老旧的合租房里，我不过是个被使唤来、使唤去的小丫头。我只是个又瘦又小的十四岁孩子。可我知道她正在我的面前慢慢死去……我知道那个当下，我所见到的就是死亡。我知道她就是活到一百岁，也平复不了这心中的悲痛，她一辈子都放不下这事儿——这件每当她想起，就有如慢慢死去一般的事儿。

……可怜的妈妈。你知道，她的心情始终没能平复过来。他向来是她的心头肉，她把他看得比我们这几个兄弟姐妹都重，然而……可怜的格罗佛！……他是那么讨人喜欢的孩子。我还能看见他一脸死白地躺在床上，还记得他在后来的几个礼拜里，躺到皮包骨头，瘦得不成人形。

……我前几天看着那张旧照片，这些旧事也一一浮现在眼前。我想着，老天啊，我和格罗佛当年都只是个孩子，只相差两岁的孩子……如今，我四十六岁了，格罗佛还活着的话，现在也四十四岁了呀……你能相信吗？你能想象吗？……主啊，当年的格罗佛在我眼中就像个顶天立地的大人。他是那么安静的一个孩子……你明白我在说什么吗？他明明只是个孩子，感觉起来却比我们这些兄弟姐妹都要老成。

……而当我想起当年和格罗佛两个人的滑稽样，想起我们将鼻子紧紧贴在那间老旧又简陋的小吃店的窗玻璃上……想起这一切看起来是如此自然、如此刺激、如此美好……想起我们有多怕妈妈发现这件事……想起我们匆匆忙忙赶回家，想起他的脸有多么死白，而这一切又是多久以前的事……仅仅一张照片，就唤醒了我这么多的回忆——那合租房、圣路易斯、博览会……那些回忆的片段历历在目，好像一切都是昨天才发生过的事情……然后一晃眼，我们这几个孩子都长大成人了，我也四十六岁了。然而眼前这一切却与我当初设想的天差地远……我那些希望、梦想、远大的志向，全都成了泡影……

接着，那些画面又再次涌进了我的脑海……两个滑稽的小家伙心惊胆战地共闯圣路易斯，还将鼻子紧紧贴在一家廉价小吃店的窗玻璃上……以及格罗佛脖子上的胎记……你还记得他的模样吗？你可记得那栋房子——我们当时住的那栋房子又是什么样子？……他去世的那个晚上，我还特地把你带到他面前，让你再看看他……就是我们曾经住的那栋老房子，伫立在街角的老房子呀……那房子里的食物储藏室，那食物储藏室的气味……还有房客，还有圣路易斯，还有博览会……

都多久以前的事啦，遥远得恍如隔世。然后，这些往事一一浮上我心头，仿佛昨日才发生过那般历历在目……有些夜里，我会睁着眼躺在床上，净想着那些来了又走的人，那些发生过的事。我会想着，怎么每件事情都和我们原本想的差了十万八千里……我会听到顺着沃巴什河驶过的火车声，也会听到汽笛声和铃响……然后想着一九〇四年的我们如何前往圣路易斯……

然后，我会出门上街，看着一个个与我擦身而过的路人的脸……不觉得他们看起来都好滑稽吗？你难道没看见那些人眼里映着某种古怪的东西，就好像他们所有人都为了什么事在大伤脑筋？……我是不是疯了呢？或者，其实你懂我想表达的意思？……来，你毕竟是上过大学的，让我听听你的看法吧……如果你知道这些问题的答案，希望你能告诉我……我指的是他们脸上那滑稽的表情，眼里那古怪的神情……你现在听懂我在说什么了吗？……他们在你眼中，也是这个样子的吗？……你小时候可曾注意过这种事？……

天啊，我多想找到这些问题的答案……我好想知道这一切究竟出了什么错……到底有什么东西从那个时候就开始变质了……还有，我们在那些人眼里，是否也映着同样的神色……我们是否也变了……我们眼中是不是也呈现出同样滑稽而古怪的东西……这又是否会发生在我们大伙儿身上，发生在每一个人身上……

……事情的发展完全偏离我们当初设想的样子……然后又渐渐逝去，变得好像从未发生过……好像那些都只存在于我们的梦境……你现在听懂我的意思了没？……就好像那些都只是我们从别处听来的，都只是他人的遭遇……接下来，我们才会再度忆起事情的全貌。

　　……接下来,你就会看见三十年前,那两个滑稽而惊恐的瘦小孩子将鼻子贴在一块脏兮兮的窗玻璃上……你会记起当时的感受、当时的气味,就连我们当时住的那栋房子里,充斥在老旧食物储藏室中的怪味也一并浮现了。还有屋前的台阶、那些房间的模样。还有总爱在屋前骑着三轮脚踏车兜来兜去的那两个穿着水手服的小男孩……还有格罗佛脖子上的胎记……内部酒店……圣路易斯、博览会……那些旧事一一涌现,仿佛一切都是昨日的种种。然后,那些画面又自我眼前离开,而且渐离渐远,渐显陌生,叫人连是或不是梦境都分不清楚了……

四

……"这条就是国王公路。"其中一个男人说。

于是我抬头一看,却发现眼前只是条街罢了。这儿是有几栋新盖的大楼、一间大饭店、几家餐馆,还有摩登的"烧烤酒吧"、只会闪着乌青色灯光的单调霓虹灯和川流不息的车辆——这儿是多了这些新东西,但这儿仍旧只是一条街。我是知道的,这儿从以前到现在就是一条街,只是一条街罢了——可是,不知怎的——我站在这儿望着这条街,不明白自己还指望能望出什么名堂来。

男人不断用疑惑的眼神看着我,然后我问男人,博览会是否就往这头走。

"当然,当年的博览会就在那头。"对方答道。"那儿现在是公园了。不过,你要找的那条街呢?——你不记得街名什么的了吗?"男人说。

我说在我印象中,那条街应该叫埃吉蒙特街,但我不大确定。总之就是类似这样的街名。我告诉他那房子就在那条街与另一条街交会的街角。接着，男人说："你说的另一条街叫什么名字？"我说我不清楚，不过我知道那房子就在那条街的街角，离国王公路约莫一个街区远，还有条市际交通电车线会在我们曾住的那栋房子大概半个街区外穿行。

"你说什么线？"男人问，一双眼紧盯着我不放。

"市际交通电车线。"我说。

然后他又瞪大了眼看我，也瞧了瞧与他同行的男人。过了好一会儿，他才说："我没听过什么市际交通电车线。"

我说那条电车线会开过一些房子的后方，附近都架了木篱笆，电车轨道旁都长满了草。我说那条线似乎就从一些房子的后方直直开了过去。可我就是说不出那个时候是夏天，能闻到枕木的气味，一种木头和着煤焦油的气味，待电车驶过，还能感觉到午后一种怅然若失的空寂。我只说那条市际交通电车线就铺在一些房子的后院与老旧的木篱笆之间，而国王公路就在一两个街区外。

我没说彼时的国王公路其实算不上一条街，而是靠某块晦暗、阴森的土地散发出来的魔法交缠而成,既铺着《吹笛人的儿子汤姆》、热腾腾的复活节十字小餐包,有来了又走、走了又来的光,有踏遍山间的云影,还有早晨行经印第安纳的旅途、火车头浓烟的气味与联合车站的马路,更是充满一道道唤着"国王公路"那已逝的,遥远又久远之声的马路。

我没说国王公路具有的这些面貌,因为当我环顾四周,便看见了国王公路如今的模样。如今,国王公路就是一条街,一条宽广、交通繁忙的街,一条多了几间饭店与亮得刺眼的街灯,车流如龙,不停涌动的街。我能说出口的,只有那条街就在国王公路附近,就在某个转角处,就与那条市际有轨电车线相去咫尺。我说那房子是栋石造房屋,我说那屋前铺着石阶,还有块长长的草坪。我说那房子的一角应该有座小塔楼,但我不大确定。

这两个男人又看了看我。其中一位说:"这条就是国王公路,但我们压根没听过你说的那条街。"

于是我离开他们继续前行,找到了要找的地方才停下脚步。于是,我又一次,又一次拐进这条街,也看见那两个转角交会之处,那建筑物鳞次栉比的街区,以及那座小塔楼,那石阶。我稍停一会儿,并回首一望,仿佛这条街就是时间。

于是,在这一时半刻里,我就在这儿等着一声招呼、一扇会开启的门,等着那孩子朝我走来。我等着,可是没人出声招呼,没人走来。

不过这个地方还是老样子,只是门前的台阶比我记忆中低了一点,门廊看起来没那么高,那块长长的草坪也比我所想的略窄了些。但其他的部分完全吻合我认知的模样。玄武石的门面、共高三层的结构、斜斜的石板瓦屋顶、砌着红砖和辟了窗的侧墙,而那道医生专用的老旧拱门,也依然立于侧墙的正中央。

屋前有一棵树和一根灯柱,屋后和屋旁也种了树,而且数量比我印象中要多。石板小塔楼那几面山墙,与石板窗全部的三角面都有尖尖的锐角,起居室则有两扇拱窗嵌在坚固的石块中。小小的石造门廊上雕着花样,一旁山墙的石板即是门廊的廊顶。

这房子看上去好结实、好坚固、好丑——除却那石阶和草坪，这房子的一切竟如此历久不衰，如此完好，如此符合我记忆中的模样，让我晓得自己绝不会错认，因为这房子真的就是原原本本的模样，骗不了人的。只是我已闻不到煤焦油的气味，那老旧而破损的枕木又热又干的气味，后院那一道道的木篱笆和乏人修整的湿热草坪的气味。路面电车驶过之后，午后那叫人怅然若失的空寂情怀亦不复存在。以及那对双胞胎，就穿着他们那套水手服，面容瘦削，还会在屋前奋力踩着三轮脚踏车兜来兜去，并不时尖声叫嚣的双胞胎。这儿少了回来时总提着一只篮子的辛普森，少了当时午后的那种炎热感，还有去参加博览会而不在家的大伙儿。

除了以上种种，这儿就跟以前一模一样。除了以上种种和如今成了一条街道的国王公路，除了以上种种和国王公路，以及那迟未现身的孩子。

天气很热。入夜了，空气中的热度攀升，始终不降温，闷得仿佛一条湿津津的毯子吊在圣路易斯的上空。天气湿热，而一个人自然知道夜晚并不会变得凉爽舒适,自然知道这热度会一直持续。当一个人试图想象暑气尽消的时节,便会说:"不可能一直这么热的。这热终究会散去。"生活在美国的我们也常把这句话挂在嘴边。可此人说这话的时候,心里并非真的这么想。被湿热笼罩的人们闷得发昏,一张张脸尽显苍白,还被这热气逼出油来。这些人露出几分耐苦的神情,此人则会怀着在酷热白昼将尽之时,身处美国某个大城市中的那种凄怆悲凉之感——此人的家乡在远方,在这块大陆遥遥的彼端,他会念及这距离、这热度,然后感慨:"老天!好个泱泱大国!"

这天气与人的感受,正是一个离家千百里,孤身处在某座大城市里的人,在这样的天听到火车声、铃声、汽笛声,听到船行河上之声时产生的感受,正是此人沿街走在一束又一束炽烈的路灯灯光下,或寻找公园时的感受——这公园里会有被晒白的草、随地乱扔的脏报纸,而人们就四仰八叉地躺在枯黄的草上——或当此人瞧见设置在美国公园里,供人在这热天即将入夜之际舒心歇会儿的那种长凳,从而产生的感受。那长凳是水泥做的,死气沉沉的路灯就自上方打下苛刻而炽烈的强光，照得人不得不正襟危坐，至于挡在长凳中央的水泥扶手或障碍物，也在防范人倒头就躺。

这天气与人的感受，或许还是一个人身处这样的城市时，因为走进一个露天的空间、一座让人心旷神怡的广场、市中心，继而看见又美又新的市政厅或小区活动中心时的感受。这么个地方会因为探照灯而大放光明，会被又美又新的标准灯柱团团簇拥，而且每条灯柱都累累结着五颗死气沉沉的灯泡，宛如硬邦邦的葡萄。然后，此人就在这么个地方看见一个个被这热天，被这死气沉沉的路灯从高处打下的苛刻而炽烈的白光，烤晒到瘫软无力的人们：或是上身只着衬衫，阴着脸窝在角落偷闲的男人，或是坐在门廊上，没穿丝袜的女人。

然后，此人会听到火车声、汽笛声、船行河上之声，会念及这距离、这热度，但不会感到半点愉悦或一丝丝的希望，不像人想到"大西部"，想到那用烁烁金山筑起的高墙时心中的感受，而像人沉浸、迷失、耽溺在永无止境的荒凉之海的海底时，像人潜进梦寐时心中的感受。

此人会知道这一切都永无止境，而自己已沉浸其中，无从逃脱。他会知道自己已迷失、耽溺在这泱泱美国，这对他而言，何其宏大的美国，也知道自己无以为家。他知道自己抓不住、握不紧、融入不了这泱泱美国，也无法将之搓揉成一个盛焰般的单词，不像过往，他犹志得意满、年少轻狂，与寂寞与黯夜共处时，坚信自己办得到那样。他知道自己现在不过是这空茫之中，在无可计数的时间之中失根躁动的无名原子、一颗暂驻而满身是灰的棋子，他知道自己年少时一度拥有的梦想、气力、慷慨与信念，皆已奄奄垂绝。

接着，他便只感觉到怅然若失的空寂。空寂，以及泱泱美国的凄凉、高而酷热的天空那份寂然与悲楚，还有白昼将尽之时，越过中西部，翻过热气腾腾的炎炎土地、一座座占地狭小的孤城、农田、牧场，穿过热得有如大烤箱的俄亥俄、堪萨斯、爱荷华、印第安纳，最后终于降临的傍晚时分。以及声音，漫不经心地悬浮在热气中的声音，回荡在小型车站里，微弱、漫不经心的声音，然后，不知怎的，又慢慢消融在热气之中、空间之中，消融在浩荡且悲楚,高高在上而广博的天空之中,与其庞巨的空茫和倦怠合为一体的声音。

接着,他又会听见火车头和车轮的声音、长鸣的汽笛声和铃响,听见有人在热得要命的车场里换挡的声音。接着,他会走在街上,走在被一束又一束苛刻强光照射的街上,走过一个又一个阴着脸的路人,然后沉浸在凄凉与毫无信念的心绪之中。"我为什么会在这儿?我现在该怎么做?我应何去何从?"

他会有种重返旧地的心情,接着便明白自己真不该回来,而当他察觉到这点,国王公路就终归只是一条街,圣路易斯——多么叫人心荡神驰的地名——也不过是傍着那条河的一个炎热大镇,非常普通,又闷热得可怕,却算不上真正的南方,还没其他足以光之耀之的优点。

以前可不是这样的。我仍记得天是怎么变热,记得变热的天是多么美好,记得自己会怎么躺在晾在后院风干的床垫上,那床垫又会怎么变烫变干,闻起来就像吸饱阳光的热床垫。我仍记得自己总让太阳晒得昏昏欲睡,有时还会跑到地下室凉快凉快,也记得地下室那到哪儿都一样的气味:一种冷冷的霉味,就像蜘蛛网或脏瓶子的味儿。我也仍记得一打开地下室的门,然后走下楼梯,那气味便会扑鼻而来——冷冷的,带着霉味那种腐败、潮湿、晦暗的味儿——仍记得自己每每想到这晦暗的地下室,内心便会溢满一阵叫人顿失知觉的兴奋,一阵发自肺腑的渴盼。

我还记得那些下午是怎么变热,自己又怎么在那些下午,在大伙儿都已外出的午后,感觉到怅然若失的空寂、幽幽淡淡的悲楚。那些午后,整栋房子感觉孤零零的,而我有时就坐在这孤零零的房子里,就坐在大厅的第二阶楼梯上,聆听午后那静谧与一片空寂的声音。我能闻到依附在地板和楼梯上的油味,能看到涂了褐色亮光漆的拉门和装在门顶的珠帘。我会将手猛地伸向那一条条用圆珠串起的帘链,再用双臂揽起那些链条,让那些链条相互碰撞,在我周围发出珠子那轻快的沙沙声。我能在这栋房子里感觉到晦暗、怅然若失的空寂、上过亮光漆的深沉色泽、被晕染的光线——就从楼梯间的彩色玻璃窗，从门边那几片小小的彩色玻璃，感受着炎热的下午两三点时，这栋房子里被晕染的光线和怅然若失的空寂、静谧、地板的油味，以及幽幽淡淡的悲楚。于是，这些物事便开始具有某种生命：它们似乎都聚精会神地等着，以一种最是活跃又最为静止的状态存在着。

而我就坐在那儿聆听。我能听见邻家小女孩午后的练琴声，能听见仍在半个街区外的路面电车自一些人家后院的木篱笆夹道间驶来，能闻到后院的木篱笆那干燥又湿热的气味、傍着电车车轨而生的草在午后散发出的原始而闷热的气息，还有煤焦油的气味、干燥的捻过缝的枕木的气味、火车车轮的轮缘陈旧而明亮的气味，并体会着午后后院的孤独，体会着怅然若失的空寂之感。一片空寂，因为路面电车已经驶过了。

接下来，我便会渴望傍晚与大伙儿归来，渴望斜阳的光照、沿街走来的脚步，渴望那对穿着水手服，面容瘦削，骑着三轮脚踏车的双胞胎，以及晚餐的香气、再度出现在这栋房子里的交谈声、从博览会那头归来的格罗佛。

……于是，我又一次，又一次拐进这条街，见到那两个转角交会之处后，也终于回首一望，看看时间是否安在。我走过这栋房子，屋里亮着几盏灯，大门是敞着的，还有个女人坐在门廊上。我随即掉头回到这栋房子前，然后再度停下脚步。架在街角的路灯为这栋房子打上白茫茫的光。我先是站在原地观望一会儿，接着便一脚踏上门前的石阶。

然后，我对着这个坐在门廊上的女人说："这房子……不好意思……能否冒昧请教一下，这房子现在住的是哪户人家？"

我知道这话听起来既奇怪又空泛，而且完全不是我想说的话。她盯着我瞧，觉得困惑。

过了半晌，她说："我就住在这儿。您找人吗？"

我说："是的，我找——"

我忽然无语，因为自知无法向她说明我究竟在找什么。我能感知到她投来的视线，而我的话就这么被狠狠打散了，变得愚蠢笨拙。我不晓得要说什么。

"这儿以前有栋房子……"我说。

现在,女人则目不转睛地看着我。我说:"我想我以前就住在这儿。"而她静默不语。

一阵子之后,我又告诉她:"我以前住这儿,就这栋房子。"我继续说:"我还小的时候。"

她原本一语不发地盯着我瞧,然后才说:"哦。你确定就是这栋房子没错?你还记得地址吗?"

"地址我忘了……"我说,"但我确定是埃吉蒙特街,就在埃吉蒙特街的街角。我确定就是这栋房子。"

"这条不是埃吉蒙特街。"女人说,"这条是贝兹街。"

"唔,那就是这条街改名了。"我说,"但就是这栋房子。这房子跟以前一模一样。"

她沉默片刻,接着点了点头。"是的,这条街确实改过名字。我印象中这条街以前确实不是这个街名。记得我还小的时候,这里并不叫贝兹街。"她说,"不过那已经是很久之前的事了。你是什么时候住在这儿的?"

"一九○四年。"

她再度沉默不语，只是张着一双眼看着我。不一会儿，她又开口说："哦……是办博览会那一年嘛。你当时住在这儿？"

"是。"我说话的速度变快了，话中也多了几分自信，"我母亲租下这栋房子，我们就在这儿住了七个月……这以前是帕克医生的房子。"我接着说，"我们就是跟他租的——"

"没错。"女人说，并点点头，"这以前是帕克医生的房子。我不认识他。我在这儿才生活几年而已，不过这房子以前确实是属于帕克医生的……他已经过世了，走了很多年了。但这房子以前确实是帕克家的没错。"

"这房子的侧边有个入口——"我说，"就楼梯往上走的地方。那道门是帕克医生的病人专用的。他的诊间就在里头。他的病人都从那儿进出。"

"哦。"女人说，"这我倒第一次听说。我还常纳闷那扇门究竟是怎么回事呢，原来是有这么个用途。"

"前面这个大房间——"我继续说，"就是医生问诊的地方，里头还装了几道拉门。隔壁有个类似凹室的空间,是让那些病患——"

"有,那凹室还在,只不过那个地方已经打通成一个房间了——我先前都不知道那个凹室是干什么用的。"

"这一侧也有几道拉门,都直通大厅——这边有一段阶梯可以上楼。那阶梯的中段,就是楼梯间,有片镶了彩色玻璃的小窗户——打开这几扇大厅的拉门,就会看到一条条用圆珠串起,有点像帘子的东西。"

她点点头,还微微笑了。"是的,正如你所说——屋里那几道拉门和楼梯间的彩色玻璃窗都还在。但那片珠帘已经拆掉了。"她说,"不过那东西我有印象,之前别人住的时候还有。我知道你指的是什么。"

"我们住在这里的时候——"我说,"会把医生的诊间当起居室来用——不过后来——最后一两个月那段期间吧——那地方就被我们当作——卧室。"

"那儿现在就是一间卧室。"她说,"这房子如今由我管理——我是房东——楼上的房间都租出去了，倒是我两个兄弟会睡这间起居室。"

我和她沉默了一会儿，然后我说："我哥以前也睡在那儿。"

"起居室吗？"女人说。

我答道："是的。"

她犹豫了一下，然后开口说："不进来看看吗？这房子应该没怎么变。你想瞧瞧吗？"

我谢谢她，也告诉她我想进屋看看，便走上了门前的石阶。接着，她打开纱门，我走进了这栋屋子。

屋里的一切依旧——楼梯、走廊、那些拉门，还有镶在楼梯间的那扇彩色玻璃窗。一切依旧，除却那空寂，午后那怅然若失的一片空寂，午后那片空寂被晕染的光线，以及曾经坐在那儿，就坐在楼梯上等待的那个孩子。有什么东西已如梦境消退而去，又像光一样射来了。那东西走过、经过，然后渐渐消退，宛若一片密林的影子。

一切依旧，唯独曾坐在那儿感知一些物事的方位的我——我现在终于明白了。我曾坐在那儿感知一条广阔而湿热的河处于何方——我终于明白了！我曾坐在那儿苦思国王公路究竟是何种存在，纳闷整段公路自哪里起始、至哪边结束——我终于明白了！昔日我坐在那儿的时候，"进城"这具有魔力的词语始终在脑海中挥之不去——我终于明白了！——还有路面电车，就在电车驶离之后——还有其他来了又走、走了又来的种种，就像掠过林间的云影，永远无从捕捉的种种——关于另一栋房子的记忆、阳光、四月、季节的更迭，以及——云影掠过之后——一列火车、一条河、早晨，以及家乡的山丘。

因为一切总会再度出现，而我也会坐在那儿，就坐在楼梯上，在一片怅然若失的空寂中，在午后一片怅然若失的空寂里试图寻回那一切。那过往的一切会来了又走、走了又来，直到我重新寻回那段过去，寻回了，就是我的了，我就能忆起当时所见过的、到过的——当时的那些都被所有的时间之光照耀着，还有千百个生命传来扑朔迷离的回声。当时的那些即是我那段简短过去的总和，即是我那简短到令人难以度量，时日久远，又无边无际到让人疲于追忆的四年的世界。

一切总会再度出现，一如他那双黑眼睛、他那张沉静的脸。接下来，我便能瞧见自己那张小小的脸映在大厅这面黑漆漆的镜子上，以及我的黑眼睛、我沉静的身影，那完完整整的我，并晓得当时不过是个孩子的我，竟已通晓大人方能领略的至理，那就是："这儿——一个孩子，我的骨干、我的核——房子在这儿，房子、在这儿、在听——空寂在这儿，午后那一片空寂，在这儿——哦，绝对的宇宙，我识得你：——而我就在这儿！"

接着，一切又会再度消失，就像山间的云影渐渐退去，就像梦境中一张张已逝的脸庞慢慢离开，又像遥远却叫人心荡神驰的博览会那巨大又令人困倦欲睡的声音翩然来到，然后来了又走、走了又来，找着了，复又丢失了，拥有了，紧握了，却永远捕捉不了，一如许久之前便已消逝在山间的声音，一如那双黑眼睛、那张沉静的脸，一如那黝黑而已逝的孩子，我那影子一般的哥哥。或如这房子里怅然若失的空寂，会来会走，走了还会再回来。

女人领着我重新走进这栋房子，带我穿过了大厅。我提到食物储藏室,也告诉她食物储藏室的位置,还指给她看,但那个地方再也不是食物储藏室了。我向她提及后院,还有围着后院扎下的老旧木篱笆,但那些老旧的木篱笆也不见了。我提到马车棚,说马车棚上的是红漆,可原本的马车棚已经成了小小的车库。不过后院还在,就是比我印象中小了一点,还多了棵树。

"我不晓得这边还种了棵树。"我说,"我记得这边没树。"

"说不定这树当时还没长好。"她说。"都过了三十年,树是该长出来了。"然后我们走回屋内,并在拉门前停下脚步。

"我能瞧瞧这间房吗?"我说。

她滑开拉门。拉门笨重但流畅地滚动开来,就跟以前一样。于是,我又见到了这间房。这房间没变。房间的侧边有扇窗户,正对屋前的方向则有两扇拱窗。我看着这房里的凹室、拉门、贴着色彩斑驳的绿瓷砖壁炉、深胡桃木色的壁炉架、壁炉架的柱子,还有矮衣柜和一张床。那组矮衣柜和床在好久好久以前就是这么摆的。

"就是这间房?"女人说,"有什么不同吗?"

我告诉她,这间房就跟以前一模一样。

"我兄弟现在睡的这个房间,就是你哥当年睡的那间?"

"这就是他的房间。"我说。

一时之间,我俩都不说话。我转身准备离开,并说:"唔,谢谢你。感谢你愿意带我进来看看。"

她说她很乐意带我参观参观,也表示这么做只是举手之劳。她还告诉我:"你之后跟家人碰面,就可以跟他们说你来看过房子了。"她说:"我是贝尔太太。你不妨告诉你母亲,说这栋房子现在归一个叫贝尔太太的人打理。见到你哥的时候,你也可以告诉他你看到他当年睡的房间,而且那房间的样子一点都没变。"

于是我告诉她,哥哥已经死了。

女人沉默了。片刻之后,她看着我说:"他就死在这儿,对吗?就在这个房间里?"

我答了声"是"。

"嗯,果然……"她说,"果然如此。我也不晓得自己怎么会这么想,但你说你哥就睡这间房的时候，我就觉得八成是那么回事。"

我没回话。顷刻之后，女人问："那他是死于？"

"伤寒。"

她看上去惊愕不已，而且忧心忡忡。她不由自主地说："我那两个兄弟——"

"那都是很久以前的事了。"我说，"你应该不用担心。"

"噢，我没在想那个。"她说，"只是我听到曾经有个小男孩，也就是你哥……曾经……曾经在我那两个兄弟现在睡的这间房里待过……"

"嗯，或许我不该多嘴的。不过他是个很乖的孩子——你也认识他的话，是绝对不会在意这种事的。"

她不搭腔，我便立刻加上一句："再说，他只在这儿住过一小段时间。这不算他真正的房间——只是他跟我姐回来的那晚，就已经病得很重了——他们才没有移动他。"

"哦。"女人说，"懂了。"过了一会儿，她说："你会跟你母亲说你来过这里吗？"

"应该不会。"

"我……不晓得她对这个房间是怎么想的。"

"我也不清楚。她从不提起这个房间的事。"

"哦……他当时几岁?"

"十二岁。"

"你那个时候年纪一定很小吧?"

"我当时四岁。"

"那……你就是想看看这个房间,对不对?所以你回来了。"

"是的。"

"嗯……"不晓得过了多久,她才再次开口:"如今你也看到了。"

"是的,有劳了。"

"你对他没什么印象吧,对不对?我不觉得你会有太深刻的印象。"

"嗯,没什么印象。"

……那些岁月就像落叶一片片掉了下来:那脸庞复又浮现——那温柔而黝黑的鹅蛋脸、那双黑眼睛、那脖子上温柔的褐色莓形胎记,以及那乌黑的头发一并往下逼近,朝我而来—— 一切就如幽魂般来势汹汹,而且动静只需一瞬,就像自闹鬼的密林飞将而来的那些脸。

"好,来,说吧——格罗佛!"

"格厄法。"

"不对,不是格厄法——格罗佛……说说看!"

"格厄法。"

"哎呀……还是不对……你说了格厄法。是格、罗、佛——来,说说看!"

"格厄法。"

"听好了,我来说说你念对我名字的话,我会怎么做……你想不想去国王公路玩?想不想格罗佛招待你一顿好吃的?好家伙……如果你说出格罗佛,念对了我的名字,我就带你去国王公路,还请你吃冰淇淋……来吧,要念对哦——格罗佛。"

"格厄法。"

"哎呀呀,你哦。你真是我见过最不可思议的孩子了。你连格罗佛都讲不好吗?"

"格厄法。"

"哎呀呀,瞧你……大舌头,你大舌头欤。总有一天，我绝对要……算了，来，走吧。横竖我都会请你吃冰淇淋的……"

那些画面全都回来了，然后逐渐消退，然后再次消逝。我转身准备离去，便谢过女人，也道了声再会。

"那就再见了。"女人说。我们握了握手。"很高兴能带你进屋看看。我也很高兴——"她后面这句话并没有说全。最后，她告诉我："欸，都过了这么久，想必你会发现这个地方已经人事全非了。这一区现在简直是楼满为患——就是那一头，当年的博览会展场也是呢。想必你会发现这里全都变了样了。"

我俩言已尽，于是静静站在屋前的石阶上，一会儿后又跟对方握起手来。

"那就再见了。"

于是，我又一次，又一次拐进这条街，也找到那两个街角交会之处，并再度回首一望，看向那个时间已然出走的地方。一切依旧在，然后一切都消失了，永不会回来了。这儿的一切还是老样子，仿佛打从那个时候就没变过，只是这一切已被找回来了，也被抓住了，被永永远远捕捉到了。于是，察觉到这一切的我，知道所有的物事都已逝而不再。

于是，我知道自己再也不会回到这个地方，那已逝的魔法也不会再出现——而那来了、经过了，然后走了又再回来的光，那关于山间种种已逝之声的记忆，那掠过山间的云影，那属于我们至亲至爱之人许久之前的声音，那条街，那热度，国王公路，那《吹笛人的儿子汤姆》，遥远的博览会那巨大而令人困倦欲睡的呢喃——哦，神奇的时间，多么怪异、多么苦涩——再次浮上我心头。

但我明白这些已回不来了——午后那一片空寂的凄叫，那栋守候中的房子，那个会做梦的孩子。那双黑眼睛、那张沉静的脸穿过了人乱麻一般的记忆，又从那片被施了魔法的密林中出走——那可怜的孩子，才初识人生，即遭人生放逐，明明跟我们一样同为座座隐蔽迷宫里的一枚棋子，却在许久之前消逝无踪——那已逝的孩子，我的哥哥兼我的父、我的友，已永永远远离开，永不会归来。

## 图书在版编目（CIP）数据

落失男孩 /（美）托马斯·沃尔夫（Thomas Wolfe）著；陈婉容译. --重庆：西南师范大学出版社，2019.6
　ISBN 978-7-5621-9807-9

　Ⅰ.①落… Ⅱ.①托…②陈… Ⅲ.①中篇小说—美国—现代 Ⅳ.①I712.45

　中国版本图书馆CIP数据核字（2019）第099391号

拜德雅·文学·异托邦

### 落 失 男 孩
LUOSHI NANHAI

[美] 托马斯·沃尔夫　著
陈婉容　译

特约策划：任绪军　邹　荣　何啸锋
特约编辑：任绪军
责任编辑：张　昊
书籍设计：陈靖山（山林意造）

出版发行：西南师范大学出版社
地　　址：重庆市北碚区天生路2号（400715）
网　　址：http://www.xscbs.com
印　　刷：重庆共创印务有限公司

幅面尺寸：115mm×185mm　印张：3.625　字数：54千
版次：2019年7月第1版　印次：2019年7月第1次印刷
ISBN 978-7-5621-9807-9　定价：32.00元

本书如有印刷、装订等质量问题，本社负责调换
版权所有，请勿擅自翻印和用本书制作各类出版物及配套用书，违者必究